매일 아침
지하철에서
모르는 여자가
말을 건다

일러두기

본문의 각주는 모두 옮긴이의 것이다.

매일 아침
지하철에서
모르는 여자가
말을 건다

유즈키 아사코 소설
권남희 옮김

이봄

매일 아침 지하철에서
모르는 여자가 말을 건다

늦여름 지하철의 앗코짱

월
요
일

아직 페인트 냄새가 코를 찌르는 새로 생긴 이 지하철은 도쿄의 상당히 깊은 곳을 달린다. 환승역은 지상 출입구에서 플랫폼까지 걸어서 무려 10분 이상이나 걸린다. 내려가는 에스컬레이터는 끝없이 뻗어서 아무리 시간이 흘러도 땅에 닿을 것 같지 않았다. 아직 이른 탓인지 눈앞에 펼쳐진 공간에는 사람이 적었다. 아직 아침 6시 40분. 어젯밤에도 마지막 지하철로 귀가해서 네 시간밖에 자지 못했다. 아니, 최근 몇 개월 중에는 그나마 나은 편이다.

에스컬레이터의 경사가 너무 가파른 탓에 에노모토 아케미는 수직으로 떨어지는 기분이 들었다. 본사 오퍼레이터 파트에 배치된 뒤로, 회사에서 지시한 환승 루트로 통근하고 있다.

줄곧 끊이지 않던 이명이 요즘 들어 더 심해졌다. 고개를 들어 올려다보니 저 너머에 있는 타일 천장이 비스듬하게 일그러지며 시시각각으로 멀어진다. 자신이 점점 작아져가는 착각이 든다. 나란히 있는 상행 에스컬레이터와 폭이 좁은 계단. 아케미는 마치 컨베이어 벨트 위의 제품처럼 본인의 의지와는 상관없이 조용히 플랫폼으로 옮겨지고 있다. 회사와 집 사이의 이 얼마 안 되는 자유 시간이 아케미에게는 더할 나위 없이 소중했다.

이대로 지구 뒤편까지 가는 거 아닐까. 일본의 뒤편 어디일까. 어딘가 따뜻하고 느긋한 나라라면 좋으련만. 감은 눈 위로 파란 바다와 코코넛이 늘어선 모래사장의 이미지가 선명하게 떠올랐다. 바다. 철야 작업한 다음날 자원봉사 명령을 받고, 그 때까지 한 번도 간 적 없는 바닷가 공원을 청소했지. 그게 몇 달 전이었더라.

마지막 휴일이 언제였는지, 이제 생각도 나지 않는다. 동기들은 몸과 마음을 다치고 하나둘 그만두었다. 그 땜빵으로 여기저기 뛰어다니다 보니 어느새 입사 5년차가 되었다.

지하철의 축축한 공기가 커다란 덩어리가 되어 온몸에 불어닥쳤다. 아케미는 기력을 총동원해서 애써 의식을 붙들어 맸

매일 아침 지하철에서
모르는 여자가 말을 건다

다. 빠아아앙, 하고 명치를 울리는 지하철 주행음이 벽과 발밑을 흔들었다.

마침내 에스컬레이터는 아케미를 플랫폼으로 밀어넣었다. 아직 여름은 끝나지 않았는데 차가운 지하 콘크리트가 스니커 바닥을 통해 열을 빼앗아가는 것 같았다. 주위에 사람들 모습은 드물었다. 며칠 전에 생긴 주스 판매대에 아케미 정도의 키 큰 여자가 무표정하게 정면을 보고 서 있었다. 여자 앞에는 믹서가 다섯 대. 빨강, 보라, 노랑, 오렌지, 초록. 각기 다른 색의 재료가 들어 있다. 색채가 빈곤한 플랫폼에서 몇 미터 떨어진 곳에서 보아도 그 색의 조합은 눈에 띄게 선명하고 산뜻하며 촉촉하게 빛났다.

언제나처럼 맨 앞 차량이 정지하는 위치까지 가서 끝없이 이어질 것 같은 어두운 터널을 바라보았다. 저 어둠에 빨려들어 사라져 버린다면 차라리 편하겠다고 생각했다.

회사에 가고 싶지 않았다.

일곱 평 남짓한 사무실에 줄지어선 파티션과 좁은 창으로 들어오는 빛과 상사의 체취를 떠올리기만 해도 시야가 일그러지고, 숨을 제대로 쉴 수가 없다. 등에 땀이 촉촉이 배어왔다. 목과 어깨는 이미 감각이 없을 만큼 딱딱하게 굳었다. 눈도 뻑

빽하다. 입 속이 쓰고 아무리 청량제를 씹어도 위에서 올라오는 역한 냄새는 사라지지 않는다.

지금 막 천재지변이 일어나 출근을 못 했으면 좋겠다. 아니, 조금이라도 회사에 늦게 도착하게 지하철이 연착하는 것도 괜찮다. 그러잖아도 이 노선은 출발할 때 뛰어드는 사람이 많아서 운행시간보다 늦어지는 일이 잦았다. 모르는 누군가가 죽어도 상관없으니 회사에 가지 않아도 될 정당한 이유가 생기길 바랐다. 그 바람이 최악이라는 것은 잘 알고 있다. 그럼 차라리 자기가 선로에 뛰어들면 되지 않는가. 그렇다면 상사인 다카하시에게 야단맞지 않아도 된다.

위잉, 하는 요란한 기계음이 나서 무심결에 돌아보니 주스 판매대의 믹서가 돌아가고 있었다. 앞치마 차림의 키가 큰 여자는 갈리고 있는 초록색 액체를 무표정하게 바라보고 있었다. 사람이 적은 역에서 이런 시간에 주스 가게를 열어서 돈이 벌릴까. 판매대 정면에 걸린 형광 핑크 간판에는 '도쿄 포토푀&스무디'라고 쓰여 있었다. '포토푀'를 작게 쓰긴 했지만, 저래서야 포토푀 가게인지 스무디 가게인지 알 수 있나. 거슬리는 소리네, 하고 미간을 찡그리며 아케미는 선로 쪽으로 돌아섰다.

편해지고 싶은 것과는 좀 다르다. 이제 자신이 한계인 것, 더는 힘을 낼 수 없다는 것을 다카하시 팀장이나 동료, 그리고 고향의 부모님과 남동생에게 알리고 싶었다. 더 이상 누구에게도 비난받고 싶지 않다. 무능하다는 것, 약한 인간이라는 것을 용서받고 싶다. 그렇다, 용서받고 싶다. 이런 못난 인간인 것을 세상에 용서받고 싶다.

27년 동안의 인생, 무엇을 해도 찌질했다. 아버지와 남동생에게는 계속 바보취급 당했디. 절대 농땡이는 아니었다. 그런데 아무리 공부를 해도 막상 시험지를 받으면 머리가 새하얘졌다. 방과 후 운동장에서 혼자할 때는 분명히 철봉 뒤로 돌기를 잘했는데, 반 친구들 앞에서는 도무지 다리가 올라가지 않았다. 머리가 나쁘고 행동이 굼뜬 것뿐만이 아니다.

생긴 것도 귀엽질 않았다. 네모난 얼굴에 턱은 서부영화에 나오는 거친 사내처럼 각이 지고, 코는 유난히 큰 데다 까무잡잡한 피부는 푸석푸석했다. 여자치고 키도 너무 크고 어깨도 떡 벌어졌다. 감정 전달하는 법도 서툴러서 다들 그 어설픔에 답답해하며 떠났다. 오래 만난 친구나 애인도 한 명 없다. 필사적으로 공부해서 겨우 들어간 삼류대학에서는 놀기 좋아하는 학생들뿐이어서 좀처럼 정을 붙이지 못했다. 누군가가 자신을 받아준 적이 거의 없다. 그래서 취업 빙하기에 지금의 회사에

합격했을 때는 대규모 채용이란 걸 알면서도 뛸 듯이 기뻤다. 누구나 이름을 아는 유명 푸드기업인 이타와 그룹의 고객관리 업무.

"어쨌든 이를 악물고 계속해. 너도 적어도 뭐 하나는 할 줄 안다는 걸 보여 봐. 상사가 하는 말만 믿고 죽을 각오로 노력해보라고."

어지간해서 웃지 않는 아버지가 엄마에게 아껴둔 사케를 따르면서, 아케미와 꼭 닮은 네모난 얼굴 가득 짓던 미소를 기억한다. 아버지에게 칭찬받거나 다정한 말을 들은 기억이 거의 없어서, 아케미는 기분이 최고였다. 사이타마현[1]에서 할아버지가 남긴 부동산 회사를 근근이 이끌어가는 아버지는 한 번도 조직에 시달린 경험이 없어서, 운동부처럼 복종하는 사고를 좋아하고 상하 관계를 중시하며 브랜드나 지명도에 아주 약하다. 회사 이름을 말했더니 너무나도 자랑스러운 표정을 지었다. 나쁜 사람은 아니지만, 아버지의 그런 천박함이 세 살 아래 남동생을 집에서 빈둥거리는 니트족[2]으로 만들고, 참을

[1] 도쿄도 북쪽에 바로 인접한 지역

[2] 부모에 얹혀 살면서 진학이나 취직도 하지 않는 자발적 실업자

13

성 강한 엄마에게 웃음을 빼앗았다는 것은 알고 있지만, 아케미는 처음으로 격려를 받은 기분이 들어 뿌듯했다. 무슨 일이 있어도 회사를 그만두지 않겠다고 굳게 맹세했다. 입사 2년차에 도쿄에서 자취생활을 시작한 후로 좀처럼 쉬는 날이 없어서 본가에는 거의 가지 못했다. 아버지는 약속을 계속 지키고 있는 아케미를 자랑스럽게 생각하고 있을까.

입사 후 바로 배치된 선술집 체인점의 점장 업무에서 24시간 주문을 받는 독신자 대상 배달 서비스의 오퍼레이터 부서로 이동한 것은 작년 봄의 일이었다. 현장에서 오퍼레이터 부서로 가는 게 여기서는 출세인 듯, "자네한테 기대가 커" 하고 40대 초반의 다카하시 팀장은 지금과는 딴사람처럼 다정하게 어깨를 치며 아케미를 맞이해주었다. 이 회사에서는 남성사원이 여성사원의 몸에 손을 대는 것이 아주 흔한 일이다. 아케미보다 훨씬 예쁜 여자들은 그게 너무 싫어서 잇따라 그만두었다. 아케미도 결코 좋은 건 아니었지만, 동료로서 연대감과 친근감을 표시하는 거라고 긍정적으로 생각하기로 했다. 무엇보다 자의식 과잉이라는 취급을 받고 싶지 않았다. 그 무렵에는 다카하시 팀장의 폭군 기질은 물론 얼굴이 보이지 않는 고객을 상대로 하는 무서움을 몰랐다.

14

점장직은 인간관계가 좀 어렵긴 하지만, 체력과 기력을 다해서 깡으로 버티고, 주문만 잘 받아내면 그럭저럭 무난했다. 그런데 오퍼레이터 부서의 클레임 처리는 정신을 마모시킨다. 끊임없이 불평 전화가 걸려오니 홍보할 시간이 없어서 매달 할당된 신규고객 모집은 턱도 없이 모자랐다. 배달된 도시락이 맛없다, 쉰내가 난다, 배달이 늦다, 팸플릿 사진과 다르다, 하는 클레임이 업자에서 개인 이용자까지 끊이지 않았다. 상품에 관한 의견은 그나마 나은 편이다. 개중에는 누군가와 이야기하고 싶다며 전화를 끊지 않는 사람도 있다.

"부탁입니다. 전화 끊지마요. 얘기 좀 들어줘요. 딱 일 분만이라도."

매달리는 듯한 목소리에 넘어가 사람 좋은 아케미는 그만 이야기 상대가 되어주고 만다. 그 일로 모든 팀원들 앞에서 다카하시 팀장에게 죽도록 욕을 먹었다. 업무능력만이라면 그나마 괜찮지만, 용모며 인격까지 일일이 비난했다. 눈물을 보이면 끝이라고 마음을 강하게 먹었더니, 어느새 마음에 두꺼운 막이 처져서 '월급도둑'이라고 해도 심지어 '호박'이라고 해도 아무것도 느끼지 못했다. 게다가 인내심 강한 아케미가 질책을 도맡으면서 후배를 지키는 부분도 있었다. 뒤에서 큰 소리가 들려서, 아케미의 생각은 중단되었다.

"어이, 거기 감색 셔츠 아가씨!"

의아한 생각으로 검지를 얼굴에 대고 돌아보았다. 그래, 너,
하는 식으로 주스판매대 안쪽에 선 체격이 큰 여성이 턱을 깊
이 당겼다.

"이리로 와봐요."

텅 빈 플랫폼에 낮은 목소리가 낭랑하게 울렸다. 이타와 그
룹이었다면 당장 클레임일 이 거만한 태도. 애초에 서비스업
에서 이런 말투는 용서되지 않는다. 점장 시절, 연신 고객의 안
색을 살피며 오로지 저자세로 행동해온 만큼 어이없다고 생각
하면서도 강한 마력에 이끌리듯이 한 걸음 한 걸음 주스 판매
대에 다가갔다. 뭔가 나쁜 일이 일어난 게 틀림없다. 자신은 누
군가의 호의를 받을 부류의 인간이 아니다. 그래도 그 여자 앞
까지 가니 왠지 마음이 놓였다. 자신보다 몸이 큰, 조금도 귀
엽지 않은 단발머리의 중년여성. 참으로 일본에서는 비주류일
것이다. 그런데 주눅 든 모습 하나 없이 왕처럼 당당했다.

"시금치랑 고마쓰나◆랑 사과 스무디예요. 무료 캠페인 중입

◆
| 배추 모양의 일본 채소, 국내에서는 소송채

니다. 마셔 봐요."

그녀는 엄숙하게 말했다. 아케미는 듬직한 손으로 내미는 걸쭉한 녹색 액체 컵과 큰 여자를 번갈아 보았다. 이타와 그룹의 사훈이 생각났다.

'정말로 진지하게 일하면 자는 것도, 먹는 것도, 말하는 것도 잊습니다. 회사를 위해 목숨도 거는 용기를 가집시다.'

이러고 있을 때가 아니다. 빨리 출근해야 한다. 사장님도 말했듯이 남들과 쓸데없는 수다 떨고, 아침 먹고 할 여유가 없다. 아침이라면 아까 편의점에서 백 엔짜리 빵과 카페오레 팩을, 점심겸 저녁용 주먹밥과 차를 샀다. 회사 책상에서 대충 먹는 평소의 메뉴다. 그런데 이 여자의 명령은 거역할 수 없었다. 아케미는 할 수 없이 들고 있던 정기권 지갑을 판매대에 내려놓고 컵을 조심스럽게 들었다.

"그걸 쭉 마셔 봐요. 스무디는 공기에 닿으면 산화해서 영양가가 떨어지니까 되도록 빨리."

아케미가 탈 지하철이 도착한다는 방송이 울려 퍼졌다. 저걸 타기 전에 마셔야 해. 아케미는 궁지에 몰린 듯이 컵에 입을 갖다 댔다. 쓰다……. 금세 얼굴이 찡그려졌다. 쓸 뿐만 아니라, 아린맛과 풋내에 위가 뒤집혀 목에서 무언가가 튀어나

올 것 같았다. 액체라고 하기에는 너무나도 묵직해서, 목에 걸려 좀처럼 넘어가지 않았다. 아케미가 머뭇거리는 동안에 지하철이 굉음과 함께 플랫폼에 도착했다. 스크린도어에 이어 지하철 문이 열리고 몇 명의 승객이 내렸다. 할 수 없이 큰 여자에게 꾸벅 머리를 숙이고, 아케미는 컵을 가슴에 안고 뛰어가서 지하철을 탔다. 문이 치익 소리를 내며 등 뒤에서 닫혔다. 주스 판매대의 여자는 아무 일도 없었던 것처럼 정면을 보고 있었다. 그녀의 모습이 보이지 않게 되고, 플랫폼이 어둠 속으로 사라졌다. 아케미는 휴 하고 숨을 내쉬었다.

지하철에서 음식을 먹는 것은 매너 위반이지만, 마침 차 안이 한산해서 아케미는 자리에 앉아 다시 스무디를 들었다. 핑크색 컵에는 'have a nice day'라고 쓰여 있다. 뭐가 좋은 하루냐. 세상은 아사카쓰*네, 산소 붐이네 시끄럽지만, 스무디 정도로 하루가 좋은 날로 바뀐다면 걱정이 없겠다. 위로 들어가면 뭐든 마찬가진데.

마지못해 눈을 꼭 감고 숨을 참고 마시다가 아케미는 숨이

---

*朝活, 아침활동(朝活動)의 줄임말로 출근 전 아침시간을 활용하여 취미나 운동을 즐긴다는 뜻의 신조어

막힐 뻔했다. 정기권이 없다! 스무디를 받을 때 아까 그 주스 판매대에 두고 온 것이다. 그 정기권 지갑에는 사원증까지 들어 있는데. 내일 가지러 가야 한다. 실의에 빠져서 한숨을 쉬다가, 컵 바닥에 셀로판 테이프로 붙여 놓은 종이를 발견했다. 얼른 떼어내서 펼쳐보니,

'15분, 무리라면 10분. 어딘가에서 잘 것.'

이렇게 쓰여 있었다. 아무도 없는데 아케미는 무심결에 뒤를 돌아보았다. 목을 타고 내려간 시금치와 고마쓰나는 촉촉하고 풀내가 나서 마치 비갠 뒤 숲이 생겨난 것처럼 가슴이 들떴다. 채소를 날것으로 먹은 것이 대체 얼마만인지.

화
요
일

"찾는 게 이건가요? 에노모토 아케미 씨?"

마치 만화 〈캐츠♥아이〉의 세 자매처럼 키가 큰 여자는 중지와 검지 사이에 아케미의 정기권 지갑을 들고 모델처럼 포즈를 취했다. 무표정한 것을 보니 장난은 아닌 것 같았다. 보지 않았던 걸로 하고 싶어서 아케미는 도쿄 포토푀&스무디 간판으로 시선을 보냈다. 큰 여자가 자기 맘대로 그 시선을 해석한 것 같다.

"아, 이거요, 내가 시작한 케이터링인 도쿄 포토푀는 원래 순조로웠어요. 공동경영자인 미국인이 담당하는 스무디 가게도요. 도쿄 지하철 역 구내에서 판매대를 체인으로 열었더니 이게 또 호평인 거예요. 바쁜 회사원들은 통근 중에 재빨리 채소와 과일을 섭취할 수 있으니, 이렇게 편리하고 합리적인 서비스가 없겠죠. 판매대 수가 갑자기 늘어나니 아르바이트생을 조달할 새가 없어서 아침에는 나도 여기 서 있지 않으면 도저히 일이 돌아가질 않네요."

묻지도 않은 내부 사정을 줄줄이 늘어놓았다. 그런 꿈같은 성공 스토리, 지금의 아케미에게는 아무런 도움도 되지 않는다. 아아, 이 사람은 고용하는 쪽이구나. 그래서 당당하구나, 하고 차갑게 생각했다.

"저기 어제 스무디, 맛있었어요?"

심하게 맛없었다는 말은 차마 못하고 잠자코 있었더니, 단발머리 키 큰 여자는 이쪽 반응에 전혀 아랑곳하지 않고 믹서에 채소 썬 것을 던져 넣고, 이어서 노란색 망고를 작은 칼로 깎기 시작했다. 엉겁결에 꿀꺽 침이 넘어갈 것 같은 달콤한 남국의 향이 주변으로 퍼져나갔다. 그녀의 움직임에는 군더더기가 없었다. 익숙한 손놀림은 보기만 해도 가슴에 바람이 지나가는 것처럼 기분이 좋아졌다.

"뭐, 괜찮아요. 어제 그 '월요 스페셜'은 변비와 피부에 좋다고 우리 가게에서는 평판이 좋은 건데. 우리 스무디, 요일마다 메뉴가 바뀌거든요."

아랫배의 묵직한 응어리가 사라진 것을 떠올리고, 아케미는 희미하게 뺨을 붉혔다. 단 한 잔으로 변비를 고치다니 거짓말 같은 이야기였다. 그러나 아무리 몸에 좋다고 해도 그런 맛없는 것을 마시고 싶지 않다. 아케미가 들고 있는 세 끼가 든 편의점 봉지를 흘끗 보고 큰 여자는 눈썹을 찡그렸다.

"또 그런 것만 먹네. 아침부터 그렇게 탄수화물만 먹으면 졸려서 오히려 능률이 떨어져요."

아침에 밥을 많이 먹는 것이 좋다고 생각했던 아케미는 놀랐다. 자기도 모르게 솔깃해져서 더 듣고 싶은 것을 간신히 참았다.

"익숙해지기 전까지는 마시기 힘들겠지만, 계약 농가에서 키운 유기농 채소여서 단맛이 강한 제철 채소뿐이에요. 단골 사이에서는 풍미가 진하고 맛있다고 평판이 자자한 걸요. 단맛을 느끼지 못하는 것은 당신 몸 상태에 문제가 있는 거 아닐까요. 제철 채소나 과일 같은 것 먹은 지 오래 됐죠?"

위액이 솟구치는 걸 느꼈다. 초면인 사람에게까지 비난을 받아야 하나. 얼른 해방되고 싶어서 아케미는 바쁜 척 전광판을 보았다.

"이렇게 말해봤자겠죠. 입에 안 맞는 걸 억지로 강요할 생각

은 없어요. 괜찮아요. 오늘은 미야자키산 망고, 당근, 현미 감주도 넣었어요. 맛도 진하고 비타민도 듬뿍. 간식 같아서 초보자도 맛있게 마실 수 있어요."

"필요 없어요…… 그보다…… 정기권……."

이런 기분에 그렇게 쓴 액체가 넘어갈 리 없다. 원망스럽게 보는 시선에 졌는지, 큰 여자는 정기권 지갑을 퉁명스럽게 내밀었다.

"정말 괜찮은가 모르겠네. 누구 것인지 확인하느라 안을 좀 보았는데요. 당신 정기 통근 루트가 보이더라고. 이렇게 깊은 지하철을 이용해서 시간 너무 버리고 다니는 거 아니에요?"

정말로 오지랖 넓은 여자구나. 잘못을 지적하고 무능한 인간임을 자각시키는 것은 직장만으로 충분하다. 이 여자가 하고 있는 것은 사생활 침해 아닌가.

"그렇지만 회사가 정한 루트를 마음대로 바꿀 수는 없어요……."

"부족한 운임은 본인이 지불하면 문제 없잖아요. 정기권 다시 사는 것쯤은 아무것도 아니에요. 그런 것까지 굳이 회사에 보고하지 않아도 돼요."

아케미가 정기권 지갑을 낚아채듯 받아들자, 샐러리맨으로 보이는 젊은 남자가 마치 방해라도 하듯이 중간에 끼어들었다.

"앗코 씨, 당근과 석류 주스, 하나요."

앗코 씨? 앗코 씨라면 그 거물 가수의 애칭? 그러고 보니 닮긴 했지만……. 별명을 불러서 큰 여자가 화를 내는 게 아닌가 하고 아케미는 조마조마했다. 그러나 '앗코 씨'는 개의치 않고 "안녕, 다지마 군" 하고 인사하면서 오렌지색 액체가 든 가운데 믹서를 들어 올리더니 컵에 따랐다. 다지마라는 남자는 사람을 잘 따르는 시바견을 닮은 얼굴로 이쪽을 보았다.

"아세요? 월요일부터 금요일까지 5일 동안 여기 스무디를 계속 마시면 일을 잘하게 되는 거."

"네? 마시기만 하는 데 설마……."

"그렇죠? 나도 처음에는 반신반의했어요. 그런데요, 껍질째 간 채소와 과일 덕분에 면역력이 생겨서 피곤하지도 않고, 졸리지도 않는 건 진짭니다. 오전중 작업능률이 올라가서 출근이 기대돼요. 아침 식사쯤 가볍게 생각하기 쉬운데, 실은 아주 중요하더라구요. 아, 이거 광고하는 거 아닙니다? 내가 아무리, 앗코 씨 남자친구라고 해도 말이죠."

의기양양한 남자를 향해 스무디를 쑥 내밀면서 앗코 씨가 매섭게 눈을 반짝거렸다.

"남자친구!? 당신하고는 밥 세 번 먹은 것뿐이잖아. 뻔뻔하게 굴면 다신 못 오게 할 거야!"

역시 이 사람은 자신과 달랐다. 귀엽지 않아도 이렇게 이성에게 사랑받고 가게를 차려 성공했다. 고용당하는 측의 고통과 인내를 알 리 없다. 자기도 모르게 남자의 광고에 귀를 기울일 뻔한 것을 반성했다. 어차피 이 인간도 한통속일 게 뻔하다. 돌아보니 지하철이 막 플랫폼으로 들어서고 있었다.

"어쨌든 저는 스무디 필요 없어요. 그럼 회사에 늦어서 이만."

"아, 잠깐만."

뒤도 돌아보지 않고 선두 차량으로 뛰어들어 좌석 끝자리에 앉았다. 느릿하게 출발하더니 점점 속도가 빨라졌다. 아케미는 숨을 죽이고 진행방향의 캄캄한 터널을 바라보았다. 승객은 적었다. 언제나의 정적이 오늘은 어째서 쓸쓸하게 느껴질까. 아마 좀 전까지 앗코 씨라는 그 여자와 다지마라는 남자의 시끌벅적한 수다에 휘말렸던 탓이리라. 별로 즐겁진 않았지만, 그렇게 회사 밖의 사람을 접하는 게 몇 년 만인지. 그저 자신의 페이스가 흐트러지지 않았으면 좋겠다고 쓸쓸하게 생각했다. 얼마나 멋없이 사는지 정면으로 맞닥뜨린 기분이었다.

몇 개의 역을 지나 비교적 큰 환승역에 도착했을 즈음, 네다섯 명의 승객이 올라탔다. 슈트차림의 남자들 사이로 머리 하나 더 큰 단발머리 여자……. 아케미는 하마터면 소리를 지를 뻔했다. 세상에 앗코 씨가 아닌가. 앞치마 차림에 카디건을 걸치고 있었다. 어안이 벙벙해서 한동안 말이 나오지 않았다. 분명 십여 분 전, 그녀를 플랫폼에 남기고 지하철을 탔는데. 이사람은 정말로 인간인 걸까. 초능력자? 이것은 분신술? 혹시 쌍둥이? 앗코 씨는 태연하게 아케미 옆에 앉았다. 가까이에서 보니 진짜 앗코 씨였다. 의외로 피부가 윤이 나고 속눈썹이 길었다. 달콤한 망고 냄새가 났다.

"……대체 어떻게?"

"일단 다른 노선까지 전력질주. 더 빠른 방법으로 지하철을 환승해서 당신이 탄 노선과 겹치는 위치를 확인한 뒤, 지금 이렇게 탄 거죠. 가게에는 바로 돌아오겠다고 써 붙여 놓고 왔어요. 자, 이거 갖다 주러 온 거예요. '화요 스페셜.' 이러쿵저러쿵 말하지 말고 얼른 마셔요."

앗코 씨는 엄숙하게 말하고 손에 든 스무디 컵을 들이댔다. 받지 않을 수도 없어서 아케미는 마지못해 받아들었다. 노란색 스무디의 표면은 자잘한 거품으로 살포시 덮여서 마치 잘 만든 과자 같았다.

"이제 알았죠? 목적지는 한 곳이어도 가는 방법은 한 가지가 아니에요. 더 편한 환승 방법이 있다는 말이죠. 지각만 하지 않으면 어떻게 가도 상관없는 거예요. 다른 역에서 내려서 한 정거장 걷는 것만으로도 기분전환이 될걸요. 햇볕도 좀 쬐는 편이 좋고."

　앗코 씨의 날카로운 눈이 아주 잠깐 상냥해졌다.

　"지하철은 도쿄의 모세혈관. 전부 연결되어 있죠. 머리를 쓰기에 따라 당신은 더 편해질 수 있어요. 아, 그리고 내근이라고 립스틱 하나 바르지 않는 건 좀 그렇지 않나 싶네."

　흐흥, 하듯이 웃고 앗코 씨는 다음 역에서 내렸다. 문이 닫혔다. 앗코 씨가 없어지자 지금 본 광경이 모두 환상처럼 느껴졌다.

　회사 근처 역에 도착할 때까지 부랴부랴 마신 스무디는 어제와 달리 단맛이 강하고 향이 풍부해, 몸속에 좋은 세포가 마구 늘어나는 것 같았다. 아케미의 몸에 비타민과 에너지가 이 거리의 지하철처럼 뻗어나갔다.

"저한테 제발 상관 말아주세요. 부탁이니 내버려두세요!"

마지막에는 거의 애원했다. 앗코 씨는 눈도 깜짝하지 않았다. 주스 판매대 앞으로 기척도 없이 숨을 죽이고 지나가는데, 또 명령조로 불러 세웠다. 물론 어제의 스무디는 맛있었다. 그렇긴 하지만 이 이상 마음을 흐트러뜨리고 싶지 않았다. 어제는 앗코 씨의 말을 반추하고 있다 실수가 잇따라 다카하시 팀장한테 호되게 야단맞았다. 이런 일은 오늘 아침으로 끝내고 싶다.

"어머나, 큰 소리를 낼 줄도 아네. 좋아요. 그런 습관을 길러요."

앗코 씨는 팔짱을 끼고 뭔가 만족스러운 듯이 이쪽을 보았다.

"배에 힘을 주고 소리를 내니 등이 쭉 펴지죠? 당신은 스타

30

일이 좋아서 등을 쭉 펴기만 해도 멋져요. 젊을 때 나 같네. 이래봬도 옛날에는 독자 모델을 했었거든."

앗코 씨는 포커페이스로 몸을 S자로 구부리고, 허리에 손을 갖다 대는 포즈를 취했다. 아케미는 칭찬받은 것도 그렇고 도무지 무슨 상황인지 이해가 가지 않았다. 이 사람이 모델? 전혀 있을 수 없는 얘기는 아니겠네, 한편으로 납득이 가기도 했다. 개성파이긴 하지만, 그녀는 아주 당당해서 각도에 따라 여러 가지 아름다움이 보이는 신기한 여자다.

"당신, 화장하는 편이 훨씬 예쁘네."

아케미는 귀까지 빨개져서 고개를 숙였다. 어제 앗코 씨의 지적이 머리를 떠나지 않아, 오늘 아침에는 콤팩트를 두드리고 눈썹을 정리하고 뷰러로 속눈썹을 올리고, 립스틱을 발랐다. 3분 만에 끝난 엉터리 화장이었지만, 그것만으로 얼굴이 환하게 밝아지고 생기가 도는 것은 부정할 수 없었다. 날마다 못생겼다고 욕을 먹다 보니 외모에 관한 언급조차 부끄러웠다.

"저기, 마에하라 씨. 이 아가씨, 어떻게 생각해?"

앗코 씨가 느닷없이 다른 사람에게 말을 걸었다. 아케미에게서 떨어진 곳에서 스무디를 마시던 세련된 40대 여성이 이쪽을 보았다. 보브컷 사이로 보이는 커다란 귀걸이가 흔들렸다.

그녀는 유화라도 감상하듯이 찬찬히 아케미를 바라보았다. 느닷없이 무대에 끌려올라 간 것처럼 정신이 혼미했다. 마에하라 씨라는 사람은 장난기 하나 없는 표정으로 흐음 하고 고개를 끄덕였다.

"오호, 아가씨 키가 몇이에요? 난 키가 작아서 너무 부럽다. 이런 남상에 키가 큰 여자는 헤어메이크업에 따라 얼마든지 분위기를 바꿀 수 있어요. 앗코 씨 지인이라면 독자변신 기획 같은 데 참가해볼래요?"

믿을 수 없게도 이 보브컷 미인은 아케미를 잡지기획의 피사체로서 합격이라고 본 것 같았다. 이 사람도 이상하구나. 그렇게 생각하지 않고는 몸이 덜덜 떨려서 땅에 붙어 있지 못할 것 같았다.

"마에하라 씨는 패션 잡지 편집장이에요. 괜찮으면 연락처 교환 좀 하시지."

"놀리지 마세요. 저는 사람들한테……."

필사적으로 두 사람의 시선을 피하려고 하자, 앗코 씨가 단호히 가로막았다.

"그건 그 사람들의 가치 기준이지. 미의 판단은 나라와 지역에 따라 달라요. 리서치를 거듭해서 자신의 유료 낚시터를 찾으면 되는 거예요."

"맞아요. 난 패셔니스트이긴 하지만, 평범한 샐러리맨들은 날 꺼려해서 인기가 하나도 없어요. 그렇지만 어때요. 아는 사람만 알아주면 되지." 하고 마에하라 씨는 깔깔깔 소리 내어 웃다가, 마침 아케미와는 반대 방향의 지하철이 들어오자 그 문으로 빨려 들어갔다. 앗코 씨는 보라색 액체가 든 믹서의 손잡이를 들었다.

"하여간 등을 펴고 다니면 어깨 결림뿐만 아니라 이명이나 두통도 저절로 줄어요. '수요 스페셜'은 눈의 피로에 좋은 소재로 했어요. 어, 그러니까……."

이명과 두통을 어떻게 알았지? 아니다, 더는 이런 수법에 넘어가지 않아야지. 아케미는 의지를 굳히고 아랫배에 힘을 준 뒤, 앗코 씨를 똑바로 보았다.

"그렇지만 정말로 이제 됐어요. 이렇게 정성 들인 스무디를 공짜로 먹는 건 죄송한 일이에요. 제발 이제 저한테 상관하지 말아주세요."

말했다! 두려움과 후련함에 흥분한 아케미는 들어오는 지하철에 재빨리 올라탔다. 그러나 어제처럼 다른 루트로 쫓아온다면 어차피 헛수고다. 만일을 위해 아케미는 다음 역에서 내리기로 했다. 개찰구를 빠져나가 에스컬레이터로 지상으로 나오자마자 택시를 잡아타고 그대로 회사 주소를 말했다. 궁핍한 주머니 사정에 상당히 큰 지출이지만, 어쩔 수 없었다.

택시는 아직 이른 아침이어서 차가 적은 오피스 가를 쌩쌩 달렸다. 빌딩 유리창에 아침 해가 반사되고 아스팔트는 힘차게 번쩍거렸다. 뒷자리에 기대어 있으니 기분이 좋아서 눈이 가늘어진다. 햇살이 닿은 피부는 은근히 따뜻해지고, 무력무력 생명을 되찾아가는 것 같았다. 매미소리를 오래만에 들었다. 어스름할 때 집에서 나와 지하철을 갈아타고 회사에 다니는 날들이니 이런 기회는 좀처럼 없다. 그러고 보니 앗코 씨가 햇살을 받도록 다른 역에 내려서 걸어보라고 했던 게 생각났다.

택시를 탄 덕분에 역에서 걸어서 2분 거리에 있는 빌딩 7층의 사무실에 평소보다 일찍 도착했다. 입구 옆의 타임카드를 찍었다. 이런 구식 기계가 있는 회사는 여기 뿐일 것이다. 좁은 사무실에 야간 근무조인 여사원들이 빼곡하게 앉아서 오퍼레이터 업무를 하고 있었다. 다카하시 팀장은 특별히 뭘 하는 것도 없이 설문지를 느릿느릿 넘기다가, 아케미를 발견하자 의미도 없이 혀를 찼다. 햇살 속을 지나온 탓인지 동료들의 녹색에 가까운 안색과 실내의 부족한 산소가 신경 쓰였다.

"에노모토 씨, 시오미 씨한테 지명 전화 왔어요."

파티션에서 후배가 푸석한 얼굴을 내밀고 귀찮다는 듯이 말했다. 아케미가 황급히 자기 자리에 가서 전화를 받았다. 수화기에서 언제나의 톤 높은 소리가 들렸다.

"굿모닝. 지금 출근했군요. 당신하고 얘기할 수 있을까 하고 또 도시락을 주문했어요. 신제품 전갱이튀김 도시락 먹어봤어요."

"어떠셨어요? 입에 맞으셨어요?"

수화기를 어깨에 끼고 편의점 봉지에서 주먹밥과 샌드위치를 꺼냈다.

"맛이 하나도 없어요. 이 조림반찬은 썩은 거 아닌가요? 그런데 말이에요, 이렇게라도 하지 않으면 당신하고 말을 할 수가 없잖아요. 계속 혼자 있으니 죽고 싶어지더라고요. 죽는 편이 차라리 낫겠어요."

협박하는 듯한 말을 한 뒤, 갑자기 수줍은 듯이 우물거리며 미안해요, 하고 중얼거렸다. 상식인과 어린 여자아이 사이를 왔다 갔다 하는 듯한 이 여성을 아케미는 도저히 싫어할 수가 없었다. 시오미 씨는 가쓰시카구에 사는 50대 독신여성이다.

30년 동안 경리로 근무했던 회사가 망해서 오랜 꿈이었던 애견 트레이너 자격증을 따려고 공부를 시작한 찰나, 교통사고를 당했다. 현재는 휠체어 생활을 하고 있는데 찾아오는 친구도 없고 며칠이나 사람과 얘기를 하지 못하는 날이 다반사여서 누군가와 접하고 싶은 일념으로 이타와의 배달 서비스를 이용하고 있다는 얘기를 전에 털어 놓은 적이 있다. 오퍼레이터 중에서도 아케미를 특히 마음에 들어 해서 이렇게 지명을 해서는 1분이라도 더 길게 얘기하려고 한다.

"어때요? 요즘 무슨 재미있는 일은 없어요?"

시오미 씨에게 아케미는 바깥세상의 대표이고 젊음의 상징일 것이다. 어쩌면 아케미 쪽이 시오미 씨보다도 훨씬 좁고 어두운 곳에 갇혀 있는 건지도 모르는데. 뭐든 좋으니 색다른 이야기를 해야 한다고 머리를 굴렸다.

"그러게요……. 요즘 스무디를 마시게 돼서."

"어머나, 믹서를 쓰려면 힘들지 않아요? 어때요, 몸에 좋아요?"

"몸에 좋은지 어떤지는 아직 잘 모르겠지만……. 채소부족이 해소되고 그럭저럭 맛있더군요."

겨우 전화를 끊고 안도의 한숨을 쉬는데, 눈앞에 다카하시 팀장의 험상궂게 일그러진 벌건 얼굴이 있었다. 40대 중반에 갈색으로 물들인 파마머리에 터질 듯한 배가 부조화를 이루었다. 옆에 있기만 해도 몸이 나빠질 정도로 담배냄새를 풍기는 중증의 흡연가이기도 하다.

"너를 만나고 싶다는 이상한 여자가 와 있어."

"네, 저요?"

그가 가리킨 쪽을 보고 비명을 삼켰다. 타임카드기 옆에 서서 이쪽을 응시하고 있는 것은 웬걸 앞치마에 카디건을 걸친 앗코 씨가 아닌가. 아케미는 기가 막혀 말이 안 나왔다. 어떻게 여길 알았을까. 아, 정기권 지갑 속의 사원증……. 그래도 이런 곳까지 쫓아오다니 제정신이라고 생각할 수가 없다. 이 사람 사실은 도깨비가 아닐까.

"도쿄 포토푀&스무디입니다. 스무디 배달 왔습니다."

앗코 씨는 이쪽으로 성큼성큼 다가와서 책상에 스무디 컵을 올려놓았다. 단발머리 아래의 날카로운 눈빛을 피하려고 아케미는 필사적으로 수화기를 다시 들었다.

"이런 것 주문한 적 없어요!"

"그렇지만 이곳에 있는 에노모토 아케미 씨에게 배달해달라는 주문을 받았습니다."

앗코 씨는 어디까지나 배달업자로 태연하게 가장할 생각인 것 같았다.

"오늘 스무디는 적양배추와 거봉. 안토시아닌이 듬뿍 들어서 컴퓨터에 지친 눈의 피로에 좋답니다. 거봉의 단맛 때문에 마시기 좋을 거예요."

밝은 보라색 스무디의 거품이 성큼성큼 끼어든 다카하시 팀장의 진동으로 격렬하게 흔들렸다.

"에노모토, 대체 누가 그런 걸 보낸 거야. 너한테는 아침 따위 먹을 시간은 없어. 일이나 제대로 해! 이번 달 할당량도 아직 달성하지 못했잖아!"

"아침 따위?"

단발머리 아래의 늠름한 눈썹이 움찔 움직였다. 맙소사. 지금 무언가의 스위치가 켜지는 소리가 났다. 앗코 씨는 다카하시 팀장에게 정면으로 마주섰다. 평소에는 으스대기만 하고 고압적으로 행동하는 상사가 약간 겁먹은 모습으로 뒷걸음쳤다.

"의뢰인 이름은 밝힐 수 없습니다. 비밀엄수 의무가 있으니. 그쪽도 서비스업이니 바로 이해하실 텐데요……. 게다가 주제넘습니다만, 아침 먹을 시간도 없는 노동환경은 너무하지 않습니까. 그러고도 우리나라에서 손꼽히는 외식산업 그룹이라

고 말할 수 있나요?"

앗코 씨의 시선 끝에는 현 이타와 그룹 회장의 초상화가 든 액자와 기업이념이 있었다. 새를 연상시키는 깡마른 남자가 디자인이 거창한 의자에 기대 이쪽을 내려다보는 모습이 사실적으로 그려졌다.

'정말로 진지하게 일하면 자는 것도, 먹는 것도, 말하는 것도 잊습니다. 회사를 위해 목숨도 거는 용기를 가집시다.'

"자는 것, 먹는 것, 말하는 것……. 성실하게 일하는 사람일 수록 이 세 가지를 중요하게 생각해야 하는데……. 사원을 소모시키는 회사는 예사로 이상한 표어를 만드는군요."

앗코 씨는 흥하고 콧방귀를 꼈다. 어느새 동료들이 업무는 제쳐놓고 파티션 너머로 귀를 기울이고 있었다.

"충분한 휴식은 근무 중 실수를 방지하고 인간관계를 원활하게 합니다. 좋은 식사는 집중력을 높이고 일의 능률을 올립니다. 무엇보다 직장을 벗어난 곳에서 업종과 세대가 다른 사람과 소통함으로써 새로운 아이디어가 생기고 상상력이 길러지고 힌트를 발견하는 일이 많이 있죠."

갑자기 목 안이 뜨거워졌다. 마음속 깊이 느껴왔던 것을 말로 해주는 사람이 나타났다.

"소통? 아이디어? 상상력? 뭘 그렇게 거창하게 말해요. 그런 게 필요한 건 일부 특수한 직업이죠. 우리 오퍼레이터 업무는 말입니다. 그냥 끊임없이 클레임을 처리하고 몸이 가루가 되도록 목표량만 달성하면 되는 거라고요."

겨우 정신을 차린 다카하시 팀장이 잇몸을 드러내며 앗코 씨에게 따졌다.

"그런 로봇 같은 작업방식을 부하에게 강요하는 회사이니 아무리 일해도 클레임이 끊이지 않고, 목표량도 달성하지 못하는 게 아닐까요. 어떤 일에나 소통과 아이디어와 상상력이 필요한 건데. 당신이야말로 일을 너무 우습게 보는 것 같은데요."

"우리 회사가, 브, 블랙기업이라고 말하고 싶은 건가요?"

"아뇨. 그런 말은 하지 않았어요. 나는 어디까지나 이 사무실을 본 느낌을 얘기한 것뿐."

"우리 사원들은 모두 즐겁게 일하고 있다고요. 멋대로 떠들지 말아요."

"블랙기업인지 아닌지는 모르겠지만, 그걸 판단하는 것도 전부 사원 한 사람 한 사람의 주관이라고요. 느낄 자유는 누구에게나 있습니다. 당연한 것을 느낄 자유조차 허락하지 않다니, 당신 대체 뭐하는 사람인가요?"

"당신이야말로 대체 뭐야?"

다카하시 팀장의 목소리가 뒤집어졌다. 이 사무실은 공기가
탁하다. 모두 좀비 같다. 지금 여기서 살아 있는 것은 앗코 씨
뿐일지도 모른다. 아케미는 이미 무서워하던 것도 잊고, 신비
로운 마음으로 앗코 씨를 올려다보고 있었다.

"내 이름은 구로카와 아쓰코, 도쿄 포토푀&스무디 사장입
니다. 언젠가 나는 푸드비지니스의 정상에 오를 예정이죠. 이
타와 그룹에 뒤지지 않을 정도로. 아니, 오히려 압승할 정도로
요. 그러네요, 나라면 고령화 사회에서 점점 수요가 늘어날 배
달사업 상품부터 재검토하겠어요. 먼저 도시락 불만사항을 없
애나가면 되겠죠. 오퍼레이터 여러분들이라면 어디에 문제점
이 있는지 잘 알잖아요. 무엇보다 중요한 것은 현장의 목소리
죠. 알겠어요? 우선······."

앗코 씨는 이대로 몇 시간이라도 강의를 할 것 같은 기세였
지만, 다카하시 팀장이 소리를 지르며 으름장을 놓기도 하고
저자세로 애원하기도 하니 마지못해 사무실을 떠날 기미를 보
였다. 그러나 아케미의 책상을 떠나며, 마치 바람 같은 빠르기
로 앗코 씨가 귓속말을 했다.

"저런 남자의 잣대에 따르면 안 돼. 그러니까 그렇게 매일이 힘든 거야. 자신의 잣대로 판단하면 지금보다 훨씬 편해질 거라고."

앗코 씨는 문 너머로 사라지고, 사무실은 평소의 색을 되찾은 듯이 보였다. 그러나 그 강렬한 존재감은 좀처럼 사라질 기미가 없었다. 다카하시 팀장이 남은 아우라를 쫓아내기라도 하듯이 마구 소리를 질렀다.

"뭐야, 저 여자는. 에노모토 오늘은 그만 가!"

"그렇지만 저기……."

"네가 여기 있으면 저 여자가 또 습격할지도 모르잖아. 됐으니까 얼른 돌아가, 이건 업무명령이다."

"아니, 그래도 지금은 근무 중이고…… 제가 돌아가도…… 그 사람, 자기 마음대로 할 텐데……."

다카하시 팀장이 하는 말은 엉터리였다. 지금 이 순간뿐만이 아니라, 줄곧 지리멸렬했다. 아케미는 처음으로 깨달았다. 그건 즉, 다카하시 팀장이 자기가 하는 말에도 하는 일에도 아무 자신이 없기 때문이다. 같은 폭군 스타일이어도 앗코 씨와는 그 점이 다르다. 주장은 엉뚱하지만, 앗코 씨의 그것에는 일관성이 있었다. 그는 얼굴을 휙 돌렸다. 눈가가 시뻘건 게 마치운 것 같았다.

어쨌든 퇴근할 수 있다. 오전 중에 퇴근한다. 천사가 춤을 추며 내려온 듯한 행운에 아케미는 달콤한 향의 스무디를 앞에 두고 한동안 일어서지 못했다.

목
요
일

　"잠을 푹 잔 얼굴이네. 겨우 인간으로 돌아온 것 같은 느낌이야. 어때? 오랜만의 휴식은?"

　그날 아침, 주스 판매대 안쪽에서 앗코 씨가 얼굴을 내밀며 처음 한 말이 그랬다. 집에 가자마자 아케미는 깔아놓은 이불에 쓰러져 스무 시간 가까이 죽도록 잠만 잤다. 빨래며 청소며 해야 할 일이 많이 있었지만, 전부 팽개치고 오로지 쉬기만 했다. 목과 어깨부터 거짓말처럼 무거움이 사라졌다. 몸의 심지가 천천히 따뜻해지더니 마치 온천수처럼 계속 퍼졌다. 안구가 촉촉해지고 시야가 선명해졌다.

　"당신 타임카드. 실은 어제 틈을 봐서 휴대전화로 찍어왔는데."

앗코 씨가 내민 스마트폰 화면에는 정말로 아케미의 근무시간 기록이 찍혀 있었다. 이런 탐정 같은 기술을 발휘하다니. 이 사람 뭐지, 닌자인가?

"월 초과근무 시간이 100시간을 넘었더라고. 이게 어떤 일인지 알고 있어?"

말을 흐리는 아케미에게 앗코 씨는 명함 한 장을 내밀었다.

"할 일은 한 가지. 타임카드와 상사에게 받은 메일. 증거를 모두 보존하는 거야. 그리고 여기로 연락해. 근로기준법을 잘 아는 인권 변호사야. 상담은 무료니까. 아아, 그 사람 원래는 도쿄 포토푀쪽 손님이었어."

아케미는 명함을 받아들고 그 빳빳한 네 모퉁이를 손가락으로 더듬어보았다. 앗코 씨가 사소한 일에 동요하지 않는 이유를 알 것 같았다. 일을 통해 온갖 사람과 접하기 때문에 사안을 여러 각도로 보는 것이다. 이타와에서 폐쇄된 세계밖에 모르는 아케미에게 나아갈 길은 한 가지이고, 그 길을 벗어나면 마지막, 인생은 끝난 것이나 다름없는데. 그녀처럼 될 수 있다면. 그러나 바라는 것조차 무리였다. 자신에게는 그녀처럼 많은 사람에게 사랑받을 매력도 능력도 없다. 다카하시 팀장과 아버지가 지금 여기 있다면 무슨 꿈같은 소리하냐고, 현실을 보라고 소리 지를 게 뻔하다. 앗코 씨가 갑자기 화제를 바꾸었다.

"당신, 밝은明 바다海라고 써서 아케미明海라고 하지? 부모님이 바다를 좋아하시나봐."

"아뇨, 아버지는 아니고 엄마가……. 바다를 좋아하세요."

한참 만나지 못한 엄마를 생각하니 아케미의 마음속에서 무언가가 무너졌다. 한계였다. 적어도 울지는 말자고 이를 악물다가, 끝내 가슴에 있던 것을 터트렸다. 주위에 사람이 없는 것이 다행이었다.

"저는 정말로 정말로 무능한 인간이에요. 뭐 하나 꾸준히 하는 것도 없고. 뭐가 되지도 못하고. 뭘 제대로 한 적이 없어요. 적어도 남들처럼 되고 싶었어요. 누구나 아는 기업에서 제대로 일하고 내 힘으로 생활을 꾸려나가고 싶었어요. 만약 회사를 그만두면 아버지한테 뭐라고 해야 할지……. 제가 이타와에 다니는 것이 아버지의 자랑인데."

"당장 그만뒀다고 말할 필요 없지 않아? 다음 일을 찾은 뒤에 말해도 되고. 말하지 않는다고 거짓말하는 것도 비겁한 것도 아냐. 부모를 배려하는 거지."

앗코 씨가 너무 간단히 말해서 아케미는 맥이 빠졌다. 그런 생각, 한 번도 해본 적이 없었다. 마음이 한결 편해지는 동시에 앗코 씨 쪽으로 슬그머니 기울 것 같은 자신이 두려웠다. 앗코 씨는 커다란 멜론을 꺼내 식칼로 둘로 쪼갰다. 달콤한 향의 과즙이 파도처럼 흘러나와, 아케미는 슬픈 것도 잊고 침을 삼켰다.

"어째서 당신이 아무것도 오래 지속하지 못하는지, 그 점을 생각해본 적은 없어?"

"그건 제가……."

잘나지 못해서, 느려 터져서, 못생겨서, 말을 못해서……. 지금까지 다카하시 팀장이나 아버지나 동급생들에게 들어온 말들이 잇따라 가슴을 찔렀다.

"당신한테 문제가 있다기보다 초기 설정……, 그러니까 처음의 선택 방법이 잘못되었던 것은 아닐까? 한번이라도 자신한테 어울리는 곳을 생각해본 적 있어? 자기가 잘 할 것 같은 분야를 찾고 거기서 살아가는 것은 전혀 게으른 게 아냐. 오히려 진격이지."

아케미는 입을 다물고 쉼없이 움직이는 앗코 씨의 손을 바라보았다. 채소를 껍질째 썰고, 멜론을 도려내서 믹서에 던져넣었다. 안다. 자신은 한 번도 선택한 적이 없다. 도저히 스스로 고를 수가 없었다. 자신에게 맞는 장소나 사람을 고르다니, 그런 건 혜택받은 사람에게만 허락된 것으로 생각했다.

"이런 제가 일할 수 있는 곳은 이타와 말고는…… 이 불황에 다른 일자리를 찾지 못할 것 같고."

회전하는 믹서를 바라보면서 그렇게 중얼거렸다. 채소와 멜론이 갈려서, 싱싱한 주스로 바뀌었다. 앗코 씨는 완성된 스무디를 컵에 따랐다.

"자, '목요 스페셜'은 스트레스에 지지 않는 몸을 만드는 시금치, 셀러리, 멜론 스무디. 멜론의 칼륨은 혈압을 안정시켜주지. 사소한 일에 동요하지 않게 돼."

아케미는 거침없이 한 모금을 마셨다. 멜론의 단맛이 파란 채소의 떫은맛을 가려서 목 넘김이 부드러웠다. 앗코 씨에게 푸념을 한 탓인지 스무디의 힘인지 모르겠지만, 가슴에 맺혀 있던 응어리가 사라지는 것이 느껴졌다.

"예를 들면 지금 먹고 있는 그 멜론을 키우는 야마나시의 농가, 일손이 부족해서 곤란한 것 같더라고. 입주라면 대환영이래. 그런 말도 안 되는 회사에서 일할 정도라면 체력은 있는 편이지? 이봐, 의외로 먹고 살 방법은 많아, 찾아보면. 지금 있는 곳을 떠나도 당신이 살아갈 수 있는 곳은 분명히 있을 거야."

앗코 씨가 내민 두 장째의 명함에는 멜론 밭 앞에 서 있는 젊은 부부의 사진과 연락처가 적혀 있었다.

아케미는 에스컬레이터를 내렸을 때부터 앗코 씨의 모습이 평소의 아침과 다르다는 사실을 눈치챘다. 그녀는 판매대 안쪽에서 스마트폰을 들고 안절부절못하며 주위를 살피고 있다. 아케미를 발견하자, 빨리 오라는 듯이 손짓하더니 낮은 목소리로 소곤거렸다.

"목각인형 같은 젊은 여자가 오면 나 없다고 말해줘. 알겠지?"

힐끔힐끔 눈을 굴리는 앗코 씨. 아이라면 울음을 터트릴 것 같은 기세였다.

"어, 잠깐만요, 어디 가시는데요?"

"가게 좀 봐줘. 5분이면 돌아올 거야. 아, 손님이 오면 스무디를 따라줘. 잔돈은 등나무 바구니에 있어."

51

그 말만 내뱉고 앗코 씨는 앞치마 끈을 풀더니 판매대 너머의 아케미에게 떠안겼다. 휙 돌아서서 나지막한 나무문을 밀고 나와 바로 가게를 떠났다. 설마 평소에도 이렇게 단골에게 가게를 맡겨놓고 마음대로 돌아다니는 건 아니겠지……

에스컬레이터를 부리나케 걸어올라 가는 앗코 씨를 지켜보며, 아케미는 할 수 없이 판매대 안으로 들어갔다. 거창한 소리를 하는 데 비해 앗코 씨의 일 처리법은 상당히 엉성해보였다. 5분이 한도다. 그때까지 돌아오지 않으면 바로 출근해야지. 그렇게 결심하고 둘러본 판매대 안은 놀라울 만큼 청결하고 깔끔했다. 작업대 위의 새하얀 행주는 모서리를 가지런히 맞추어서 접어놓았다. 식칼은 잘 갈아 놓아서 얼굴이 비칠 정도였다. 바구니에 수북이 담아놓은 제철 과일과 채소에서 나는 신선한 향이 작은 주방의 공기를 더욱 청량하게 했다. 그때, 판매대 너머에서 동안의 여자가 얼굴을 내밀었다.

"여기 단발머리 여자분 일하시죠? 앗코 씨라고 하는데."

"저기 실례지만, 앗코 씨와는 어떤 관계세요?"

혹시 앗코 씨가 피한 '목각인형'이란 이 여자인가.

"저는 사와다 미치코라고 합니다. 앗코 씨는 예전 상사예요. '앗코 씨 목격정보 사이트'에 최근 여기 있다는 정보가 올라와서 출근하기 전에 달려왔어요. 혹시 앗코 씨 밑에서 일하시나요?"

그런 사이트까지 있다니, 앗코 씨는 거의 연예인이 아닌가. 대체 얼마만큼의 사람이 그녀를 필요로 하는 걸까.

"아뇨, 저는 그냥 지나가는 회사원이에요. 갑자기 가게를 봐달라고 맡겨서……."

"당신도 앗코 씨한테 휘둘리고 있는 거예요? 힘들겠네요."

미치코가 동료를 보는 듯한 따뜻함으로 들여다보아서, 자기도 모르게 말이 쏟아졌다.

"아뇨, 지금 있는 회사가 너무 힘들어서……. 앗코 씨는 계속 그만두라고 권하세요. 블랙기업이라고. 그런데 저는 취업 빙하기에 받아준 회사를 도저히 배신할 수가 없어서……."

"블랙기업?"

사와다 미치코는 눈을 깜빡거리더니 바로 깔깔 웃었다.

"앗코 씨가 블랙기업 운운할 처지는 아닐 텐데. 도쿄 포토 푀&스무디도 충분히 블랙이에요!"

"네? 그래요?"

미치코는 과장스럽게 얼굴을 찡그리며 끄덕였다. 그녀의 좌우로 지하철이 지나가, 어깨까지 오는 머리칼이 붕 떴다.

"그럼요. 나도 한번 여기서 일한 적 있지만, 사람을 그렇게 거칠게 다루는 사람은 본 적이 없어요. 잘 생각해보니 전부 무료 노동이었더라고요. 앗코 씨가 하는 일은 완전 강제 아니에요?"

강제라고 생각해도 되는구나. 아케미는 그것만으로 어깨에서 힘이 빠지는 것 같았다. 미치코를 껴안고 앗코 씨에 대한 불만을 실컷 쏟아내고픈 기분이었다.

미치코는 자못 즐거운 듯이 계속 털어 놓았다.

"남 얘기 듣지 않고, 위압적이고, 자기멋대로고, 무섭고, 오지랖 넓은 주제에 비밀주의여서 전혀 마음을 열지 않고…….
그런데 재미있었어요. 앗코 씨와 일하는 것."

아기 다람쥐 같은 미치코의 눈이 갑자기 반짝거렸다. 평범한 얼굴이 금세 생기가 돌며 사랑스러워져서 아케미는 넋을 잃고 바라보았다.

"언젠가는 어엿하게 한 몫 하는 사람이 되어 앗코 씨와 일하는 것이 꿈이에요. 실은 오늘 근무지인 다카시오 물산에서 계약사원에서 정사원이 된 걸 보고하러 왔는데……. 아마 도망친 것 같네요. 당신도 앗코 씨를 만난 이상, 힘내세요. 분명 앗코 씨한테 신뢰를 얻은 걸 거예요."

그럴 리가 없다……. 요즘 세상에 그런 종합상사에서 비정규직이 정사원으로 승격하다니 대단한 사람이구나, 하고 아케미는 미치코의 뒷모습을 눈부시게 지켜보았다. 문득 정신을 차리고 보니 반짝거리는 플랫폼 바닥과 의외로 지저분한 벽, 지나가는 사람들의 얼굴이 선명하게 눈에 들어왔다. 지금까지 아케미에게 역이란 흘러가는 풍경에 지나지 않았다. 그러나 이렇게 고정된 시점에서 보니 완전히 다른 측면이 보였다. 그때, 스크린도어에 기대어 서 있는 체격이 작은 남자가 시선을 끌었다. 아무것도 비치지 않는 듯한 눈동자는 멍하니 어두운 터널을 향하고 있다.

저 사람은 나다……. 주위의 잡음이 사라졌다. 아케미는 직감했다. 4일 전 플랫폼에서 앗코 씨가 왜 자신에게 말을 걸었는지 그제야 깨달았다. 자살 의지가 있고 없고와 관계없다. 그는 일상에 절망하여 지금 이 자리에서 사라지고 싶은 인간의 얼굴이다. 자신과 똑같다. 그것이 이렇게 고통스럽게, 전혀 모르는 타인의 가슴을 무너트리다니. 생각해본 적도 없었다. 자신의 슬픔이 누군가를 슬프게 할 수도 있다는 것을.

"그만해요! 서두르지 마세요!! 안 돼요."

아케미는 정신없이 판매대에서 뛰쳐나가 남자의 겨드랑이

밑으로 양팔을 넣어 그를 잡아챘다. 체력으로 승부하는 점장 업무를 그냥 폼으로 해낸 게 아니다. 깜짝 놀랄 정도로 말라서 앙상한 뼈가 그대로 느껴지는 몸이었다. 주위 사람들이 걸음을 멈추고 이쪽을 돌아보았다. 팔 속에서 남자는 가느다란 목소리로 강하게 말했다.

"죽으려고 한 게 아닙니다. 그저……. 지하철이 연착하면 좋겠다고 생각하며 선로를 보고 있었을 뿐. 그러면 회사에 가지 않아도 될 텐데 생각하고 있었을 뿐입니다……. 놓으세요. 사람들이 쳐다보잖아요."

남자의 몸은 떨고 있었다. 겁먹은 눈은 충혈되고 안색은 나빴다. 입 냄새가 심했다.

"저기, 부탁이니 일단 마음을 차분하게 가지시고 우리 스무디를 마셔주세요. 잠깐만 기다려주세요."

판매대로 달려가 눈에 들어오는 녹색 스무디를 컵에 따라 바로 돌아왔다. 그러나 남자의 모습은 이미 없었다. 아케미는 옆에 있던 나무의자에 털썩 주저앉았다. 분명 자신도 그런 모습이었을 것이다. 기척을 느끼고 얼굴을 드니, 앗코 씨가 자신을 내려다보고 있었다.

"당신에게 왜 말을 걸었는지 알겠어?"

"……네."

"이 노선의 역마다 플랫폼 끝에 파란 조명이 켜져 있는 거 알아?"

아뇨, 하고 고개를 가로저었다. 앗코 씨가 옆에 앉았다.

"파란색은 사람의 판단을 냉정하게 하는 힘이 있대. 플랫폼에 그 조명을 켜놓은 뒤로 자살이 줄었다는군. 전국에 이 같은 자살 방지 대책이 늘고 있어"

"말도 안돼요, 조명 따위로……. 사람의 목숨을 구하다니. 그럴 리 없어요."

"그렇지. 나도 처음에는 그렇게 생각했어. 근데 실제로 지금까지 파란 조명을 켜놓은 다른 노선에서도 투신 자살이 훨씬 줄었대. 파란 빛의 효과야. 그것도 이 세상의 진실 중 하나. 사람의 일생을 늘리는 것도 줄이는 것도 그런 별것 아닌, 한심하고, 사소하고, 없어도 아무도 곤란해 하지 않을 것들이지."

마치 사람이 달라진 것처럼 부드럽고 침착한 목소리였다. 아케미는 자신의 손에 든 스무디를 바라보았다.

"나도 알아. 일주일 가지고 인생은 바뀌지 않아. 아침을 잘 먹었다고 해봐야 그런 건 자기만족이고, 누군가에게 평가받는 것도 아니지. 현명해지는 것도 아니고 미인이 되는 것도 아냐.

내가 강요한 것은 고작 채소 주스야. 눈의 피로와 스트레스에 좋은 식재료를 아무리 먹어도 가장 중요한 건 본인이 건강해지려고 하는 의지야."

앗코 씨는 잠시 말을 끊고 선로 너머의 터널로 시선을 보냈다. 모든 것을 빨아들이는 블랙홀 같았다.

"하지만 나는 그래도 어둠속에 파란불을 켜는 일을 하고 싶어. 어차피 일은 해야 하니 기왕이면 누군가의 도움이 되고 싶어. 그래서 어딘가의 누군가에게 도움이 되었다면 그걸로 충분해. 병인지도 몰라, 내 오지랖은. 여러 가지로 놀라게 해서 미안."

그렇게 말하고 그녀는 아케미 쪽으로 돌아앉더니, 가만히 손을 잡았다. 거의 처음 보는 섬세한 배려와 차분한 태도. 이것이 진짜 앗코 씨인가.

"자, 지금 들고 있는 것이 마지막 스무디야. 더 이상 따라다니지 않아. 당신은 자유의 몸이야. 시금치와 고마쓰나와 케일과 당근 스무디. 이것으로 정말 마지막. 이번에는 설탕도 과일도 넣지 않았어. 그러니까 이걸 달다고 느끼는 것도 쓰다고 느끼는 것도 당신의 혀 나름이야."

기분 탓일까, 컵의 내용물을 보니 평소보다 재료의 색이 짙었다.

"뭐 어쨌든 이렇게 역이 깊은 노선은 이용하지 않는 게 좋아. 알아? 새로 생긴 지하철일수록 깊고, 오래된 지하철일수록 얕아. 그걸 기억해둘 것. 내일부터는 환승 잘하는 방법을 찾아서 5분이라도 더 당신만의 시간을 만드는 거야. 그걸 즐겨. 안녕."

아케미가 탈 지하철이 들어왔다. 왠지 모르게 헤어지기 싫어서 일부러 천천히 일어섰다. 열린 문 앞에 서서도 도저히 탈 마음이 들지 않았다. 그때, 앗코 씨가 서둘러 오더니 등을 탁 밀었다. 엉겁결에 발이 한 걸음 앞으로 나가서 아케미는 자연스럽게 지하철 안으로 들어갔다. 앗코 씨와 아케미를 가르듯 지하철 문과 스크린도어가 닫혔다. 앗코 씨의 무뚝뚝한 얼굴이 점점 멀어져갔다.

"앗코 씨!!"

자신도 놀랄 정도로 큰 소리가 나왔다. 왠지 두 번 다시 만나지 못할 것 같은 기분이 들었다. 미치코가 한 말이 문득 생각났다. 바보. 그 주스 판매대는 내일도 그 자리에 있을 텐데. 또 만나려고 생각하면 바로 만날 수 있을 텐데. 이번 생의 이별이 아닐 텐데. 그래도 자신도 모르는 사이 아케미는 울고 있었다. 사실은 기뻤다. 앗코 씨가 참견해주는 것이. 어릴 때, 엄마가

시금치와 피망 요리를 억지로 입에 넣어주었던 것처럼, "편식하면 키 안 커" 하고 다 삼킬 때까지 물러나지 않았던 것처럼, 끈질기게 스무디를 들이대고, 강한 집념으로 잔소리하며 쫓아다녀준 것이 사실은 기뻤다. 언제나 조용한 엄마였지만, 부엌에서는 자신만만한 하느님처럼 군림했다. 그런 식으로 누군가가 챙겨주기를 마음속으로 줄곧 바랐던 것이다.

마침 주위에 사람이 없어서 다행이라며 아케미는 눈이 축축해진 채 콧물을 흘렸다. 항상 우는 것을 금지해왔다. 오랜 동안 힘들고 슬프고 분하다고 느낀 일들은 속으로 봉인해오기만 했다. 목 속에서 오열이 새어나왔다. 몸을 반으로 꺾어 웅크리고 앉아 소리 내어 울었다. 한바탕 울고 나자 목이 말라서 저절로 스무디를 마시게 됐다.

엇, 달다……. 엄청나게 달다. 아케미는 눈을 번쩍 떴다. 허무하게 녹아버린 설탕 맛이 아니라, 더 강하게, 미뢰에 달라붙는 듯한 야생의 단맛이었다. 단지 채소일 뿐인데 이렇게 달다니. 지난 5일 동안, 생과일과 채소를 계속 먹어서인가. 그 짧은 시간에 아케미의 몸은 다시 태어난 건가. 그제야 눈물이 멈추었다. 느끼는 것을 포기하고 있던 온몸이 갑자기 말이 많아지고 있다.

오늘은 이대로 회사에 가자. 의무감 따위가 아니다. 꼭 알아내고 싶은 기밀사항이 있다. 시오미 씨의 전화번호다. 시오미 씨를 만나고 싶다. 얼굴을 봐야한다. 그리고 만나서 많은 이야기를 들어주고 싶다. 내 이야기도 들려주고 싶다. 그런 사소한 일로 그녀가 조금이라도 살아갈 힘을 되찾는다면. 아케미가 지금 할 수 있는 것은 그 정도였다. 개인정보를 이용하는 것은 절대 금지되어 있다. 그러니까 다카하시 팀장에게 솔직히 보고하고 단번에 잘리는 것이다.

순조로울 거라는 보장은 없다. 지금까지 노동청에 고소하거나, 회사를 그만두려고 하다 실패하여 갖은 힘든 일을 강요받고 부당한 대우를 당하는 동료를 많이 보아왔다. 일단 앗코 씨에게 소개받은 변호사를 만나 이야기를 해보자. 괜찮을 것이다. 회사만 그만둘 수 있다면. 그리고 지금 있는 아파트 월세만 낼 수 있다면, 아버지에게 의지하지 않고도 자유롭게 살아갈 수 있다. 아케미는 자립하기 위해 일을 할 것이다. 일을 꼭 찾을 것이다. 정사원이 아니어도 좋고, 아르바이트를 두 탕 세 탕씩 뛰어도 좋다. 수면과 최소한의 생활, 삼시세끼를 확보할 수 있는 노동환경. 자는 것과 먹는 것과 말하는 것. 그것을 욕심내는 것은 어리광도, 제멋대로여서, 주제를 몰라서도 아니다. 진지하게 일하기 위해, 누군가의 도움이 되는 사람이 되기 위해 꼭 필요한 것이다.

그리고 앗코 씨가 해주었듯이 언젠가 자신이 먼저 누군가에게 마음의 자양이 되는 일을 해줄 수 있다면……. 어쩌면 앞으로 친구나 애인도 만들 수 있을지 모른다. 자신의 이 판단이 크게 잘못됐다 하더라도 아버지나 다카하시 팀장에게 욕을 먹더라도, 아케미는 지금 태어나서 처음으로 자신의 길을 선택하려 하고 있다.

지하철은 어둠의 커튼을 줄줄이 찢듯이 달려 나갔다. 어느새 다음 역에 도착했다.

얼굴을 들자 플랫폼 끝을 은은하게 비추듯이 파란 빛이 예쁘게 깜박거렸다.

저것이 아까 앗코 씨가 말했던……. 아케미는 엉겁결에 자리에서 일어났다. 동시에 지하철이 움직였다. 빛에 홀려 있던 잠깐 동안, 이내 유성처럼 지나갔다. 그러나 그 잔상은 아케미의 마음속에 언제까지나 새겨져 있었다.

3시 회의에
전 직장상사가 나타났다

한여름 3시의 앗코쨩

소다맛 하드의 마지막 한 입을 깨물자, 앞니 끝부터 정수리 꼭대기까지 하얀 번개가 찌리릿 달렸다. 혹시 충치가 있는지도 모르지만, 치료하러 갈 시간도 돈도 없다. 사와다 미치코는 눈앞이 아찔해져서 아무렇게나 걸터앉아 있던 계산대 앞에 손님이 서 있는 것을 미처 보지 못했다. 한참 가게를 어슬렁거리며 서가에서 책을 뽑았다가 돌려놓기를 되풀이하던 키가 큰 여자가 드디어 구입할 책을 정한 모양이었다. 뼈가 불거진 큼직한 손으로 코앞에 책으로 탑을 쌓아놓았다.

『메리 포핀스』『곰돌이 푸』『패딩턴』『사자와 마녀』『이상한 나라의 앨리스』…… 상태가 좋은 데 비해서 가격이 싼 것으로 정평이 난 아동서 전문 헌책방이긴 하지만, 이 손님 꽤 많이 사네. 그러고 보니 어린 시절에 즐겨 읽었던 영국 아동소설뿐이다. 전부 차 마시는 장면이 많이 나오는 거잖아, 하고 미치코는 책표지에서 손님에게로 시선을 옮겼다. 단발머리 아래로 날카롭게 빛나는 크고 부리부리한 눈과 마주쳤을 때, 비명을 삼켰다.

"꽝."

거의 반년 만에 재회한 옛 상사, 앗코 씨, 그러니까 구로카와 아쓰코 씨는 이쪽이 하려는 말을 가로막듯이 내뱉더니, 미치코가 방금 다 먹은 하드 막대기를 집어 들었다. 듣고 보니 막

대기에는 아무것도 쓰여 있지 않았다. 하드뿐만 아니라 미치코는 지금까지의 인생에서 '당첨'이 나온 적이 없었다. 앗코 씨는 자로 재서 자른 것 같은 앞머리와 옷깃을 열어젖힌 셔츠가 땀으로 이마와 가슴에 들러붙은 채 의기양양하게 이쪽을 내려다보고 있었다.

"가게를 볼 때는 음식을 삼가도록. 참 매너 없네."

그녀의 떡 벌어진 어깨 너머로 보이는 출입구에서는 한여름의 야스쿠니 거리가 보였다. 거뭇거뭇하게 빛나는 아스팔트가 햇빛을 반사하고 있었다. 가로수에서 맹렬히 우는 매미 소리가 다시금 들려왔다.

"앗코 씨……."

미치코는 한동안 어떤 말도 할 수가 없었다. 이 사람은 정말로 인간일까. 혹시 메리 포핀스 같은 그런 요정이 아닐까. 지난 반년, 문자를 해도 거의 답장도 하지 않고, 어쩌다 연락이 닿아도 너무 쌀쌀맞아서 섭섭했다. 아무것도 못하는 자신에게 절망하며 황망한 일상을 삼키는 데 간신히 익숙해진 지금, 어째서 불쑥 모습을 나타낸 걸까? 이미 늦었어요, 하며 울고 싶은 기분이었다. 앗코 씨는 가까이 있던 낮은 사다리를 끌고 와서 그 위에 걸터앉아 미치코와 눈높이를 맞추었다.

"여자는 몸을 차게 하면 안 된다고 부모님한테 안 배웠어? 더울 때 차가운 것만 먹는 건 좋지 않아. 더 피곤해지고 집중력이 떨어져. 지금은 괜찮아도 9월쯤 되면 피곤함이 부쩍 심해진다고. 너도 벌써 스물다섯 살이잖아."

전과 조금도 다름없는 앗코 씨의 노도怒濤 같은 설교가 지금의 미치코에게는 사무치게 와 닿았다. 줄곧 보고 싶었던 사람이 눈앞에 있는데, 가라앉을 것 같은 피로감과 원망밖에 없다. 요즘 밤이 되어도 찌는 듯한 더위가 계속되어 잠을 이루지 못한 탓에, 낮에는 하품만 나왔다. 가게에는 오래된 선풍기가 한 대 있을 뿐. 아무리 부탁해도 류이치로는 "환경에 안 좋아" 하고 버티며 에어컨을 달아주지 않았다. 앗코 씨가 장지갑을 꺼내 든 것을 깨닫고 미치코는 얼른 책을 종이가방에 담고 가격을 말했다.

"영수증 부탁해. 이름은 '주식회사 도쿄 포토푀&스무디'로."

"어머나, 도쿄 포토푀가 스무디 가게와 합병했어요? 아, 그러고 보니 코니 씨가 원래는 스무디 가게 했었죠."

"포토푀 쪽은 지금 휴업이야. 날이 더우니 전혀 팔리지 않아서. 기껏 종업원을 다섯 명이나 두고 왜건 대수도 늘렸는데 오산이었어. 게다가 이렇게 열대야가 계속되니 새벽이 가까워도

푹푹 찌잖아. 따듯한 국물 같은 건 아무도 사먹지 않아. 원래는 이런 계절일수록 뜨거운 것을 먹고 땀을 흘려야 하는데."

앗코 씨는 퉁명스럽게 내뱉더니, 미치코가 쓴 영수증을 집어넣고 부채를 꺼내 파닥파닥 가슴팍을 부쳤다. 너무 순순히 패배를 인정하는 앗코 씨에게 미치코는 충격을 받았다. 앗코 씨는 실패 따위 있어서는 안 되는 절대적 정의로, 언제 어떤 때고 미치코의 이정표여야만 하는데. 그렇기 때문에 장래에는 그녀의 오른팔이 되어 '도쿄 포토퍼'에서 일하고 싶다고 일편단심 꿈꾸었는데.

"여름에는 코니한테 스무디 노점을 부탁하고, 나는 나대로 다음 일을 생각할 수밖에 없겠더라고. 그래서 최근 한 달 동안 영국을 여행하고 왔어. 지인들이 잔뜩 생겼지. 지금은 이런 일을 부업으로 시작했고."

내민 명함에는 뭐라고 복잡하게 직책이 여러 개 쓰여 있어서 좀 수상했다. 그 중에 '기업 컨설턴트' '프로모터' '공간 프로듀서'라는 글씨를 발견했다. 프랑스 다음은 영국……. 앗코 씨는 계획적으로 보이지만, 의외로 닥치는 대로 마음 내키는 대로 살고 있는지도 모른다. 미치코는 자기만 엄청난 손해를 본 것 같은 기분이 들었다. 다들 주위의 민폐에 아랑곳하지 않고 돌진하는데 자기만 여전히 명령을 받고 같은 장소를 빙글빙글 돌기만 할 뿐. 그래서 넌 뭘 하고 싶으냐고 물으면 우물거릴 수밖에 없지만.

"아무리 그래도 손님이 왔는데, 어서 오세요, 소리도 안 하고. 조사할 일이 얼마나 바쁜지 모르겠지만, 컴퓨터에서 얼굴을 들려고 하질 않네. 그래가지고는 헌책방 안주인에 부적격이야."

앗코 씨는 미치코가 뚫어지게 보고 있던 노트북을 쓰윽 들여다보았다. 회사 비밀자료를 열어놓고 있어서 황급히 노트북을 닫았다.

"아니에요……. 안주인이라니. 오늘은 마침 회사 노는 날이어서 가게를 보는 것뿐이에요. 우리 그런 거 아니에요. 이 가게도 언제까지 계속할지 모르고."

동거하고 있는 이 헌책방, 하티프나트 주인 사사야마 류이치로가 그림책 작가가 되고 싶다고 털어놓은 것은 2주 전 일이다. 작년 말에 작은 출판사에서 주는 이름 없는 아동문학상에서 가작을 수상했을 뿐인데, 류이치로는 완전히 들떠서 가게를 다른 사람에게 맡기고 집필에 전념하고 싶다고 했다. 그의 꿈을 반대하는 건 아니다. 하지만 혼자 버려진 것 같아서 왠지 화가 났다.

"그런데 사사야마는?"

"점심 먹으러 갔어요. '이모야'에서 튀김덮밥이라도 먹는 거 아닐까요. 절약해라, 해라, 하면서 자신한테는 후하거든요……."

류이치로와 싸우고 싶지는 않았다. 그렇지만 요즘 회사가 바쁜 탓인지 한 번도 직장생활을 하지 않고 마이페이스로 자영업을 해온 그의 초연한 태도에 짜증이 났다. 교제를 한 지약 2년. 프러포즈 같은 프러포즈도 받지 못했다. 계속 동거중이긴 하지만, 그래도 확실한 말이나 보장을 원하는 자신이 계산 빠른 여자인걸까.

"너, 아직 다카시오 물산에 다니는 거야?"

"네, 5월 승진 시험 때 파견에서 계약직 사원으로 승격했어요. 지금은 홍보과에 있어요. 그래봐야 그냥 잡일이에요. 날마다 할 일이 어찌나 많은지……."

한숨 섞어 말하며 미치코는 헛수고로 끝난 지난 몇 주를 떠올렸다. 야마가와 부장이 이끄는 네 명의 선배사원들이 부탁하는 대로 회의록을 만들고, 샘플을 모으고, 리서치하러 뛰어다니는 동안 퇴근 시간이 되어버린다. 자기 일은 도저히 할 시간이 없어서 집에 일거리를 들고 와, 잠을 줄여가며 하는 매일이다.

"프랑스에서 인기인 '조세프'라는 미니보틀 샴페인이 일본에 처음으로 들어와요. 375밀리리터짜리가 1,400엔. 12월 크리스마스 시즌을 앞두고 샴페인 판촉회의가 매일 열렸는데, 결정될 것 같던 안이 지난주에 물거품이 되어버려서……"

도쿄에 위치한 유명 외국계 호텔에서 개최할 커플 대상 판촉 이벤트에는 젊은 여성에게 카리스마적 인기를 얻고 있는, 야구선수의 아내이자 모델인 마키코를 게스트로 하는 것으로 기획은 반쯤 결정되었다. 그런데 경쟁회사가 조세프보다 먼저 같은 크기의 스파클링 와인을 출시하며, 똑같은 판촉안을 내놓고, 비슷한 카리스마의 기혼 모델을 기용한 드라마식 광고를 제작한다는 사실을 발표한 것이다. 자신들의 기획안이 어디선가 누설된 게 아닌가 하고 홍보팀은 서로 의심하고 있다.

"대안을 빨리 내놓아야 하는데, 회의를 해도 해도 아무 결론이 나지 않아요. 팀원 누구도 의견을 내지 않으니 도무지 해결이 안 돼요."

"그 팀에서 네 역할은 뭐야?"

"뭐라니요. 정말이지 그냥 잡무예요. 회의실 잡고, 사람들에게 알리고, 진행하고, 회의록 만들고, 간식 준비하고 차 나르고……"

"굉장하잖아."

의외의 반응이 돌아왔다. 앗코 씨는 이마에 흐르는 땀도 닦지 않고, 아주 진지하게 미치코를 들여다보았다.

"아뇨, 그냥 차 심부름이에요, 차 심부름. 그래봐야 종이컵에 시판 아이스커피를 따르는 것뿐이지만. 요즘 이런 일 하는 계약직원은 회사에서 저뿐이에요."

"이봐, 리큐◆가 왜 도요토미 히데요시 때문에 자살했다고 생각해?"

갑작스러운 질문에 미치코는 당황했다.

"시대의 권력자에게 차를 대접함으로써 권력자보다 우위에 서서 정치를 마음대로 조종할 수 있었기 때문이야. 차를 준비한다는 것은 그 자리의 주도권을 잡는 것이지. 다른 얘기긴 하지만, 영국인은 정치에 강하고 회의가 능숙하다고 하잖아. 그건 말이야, 아무리 바빠도 3시의 티타임을 거르지 않아서라고 난 생각해."

"차, 차요?"

◆
일본 다도를 정립하고 완성한 인물. '잘못했다고 한 번만 빌어라'는
도요토미 히데요시의 청을 거절하고 할복자살했다.

72

이야기가 예상 밖의 방향으로 흘러가서 미치코는 어안이 벙벙했다.

"전쟁이 있건 재판이 있건, 3시가 되면 모든 것을 중지하고 티타임을 갖잖아. 'Everything starts with tea'라는 속담 들은 적 있어?"

"아뇨……."

"모든 것은 차와 함께 시작한다. 네가 하는 일은 잡무가 아냐. 머리를 쓰기에 따라서는 회의를 좌지우지할 수 있어. 회사의 조타수가 될 수 있다고. 어쨌거나 차를 준비하는 담당자잖아. 게다가 지금이라면 완전 기회네. 진행 역할이면 입장을 이용해서 자꾸자꾸 기획을 만들어. 구름과나무 출판사에 있을 때처럼 어설퍼도 괜찮으니 당장 구체적으로 만들어서 직속 상사한테 프레젠테이션을 하라고."

양손을 크게 휘두르며 얘기하는 통에 머리를 칠 것 같아 미치코는 뒷걸음질 치고 싶었다.

일 년 전까지 일했던 교재 전문 출판사 구름과나무의 상사였던 앗코 씨와는 회사가 파산하고 미치코가 다카시오 물산에 파견된 뒤에도 앗코 씨가 친구인 코니 씨와 시작한 포토푀 포장마차를 돕는 등, 일종의 사제 관계가 계속되었다. 자기 멋대로 이고 강압적인 앗코 씨지만, 런치타임을 보내는 법이나 스킬업 요령을 가르쳐주기도 하고, 류이치로와의 사이에 다리를 놓아주기도 하는 등, 감사를 하자면 끝이 없는 인생의 은인이다.

그렇긴 하지만, 이미 앗코 씨와 미치코는 사는 세계가 너무 다르다. 지금 회사에서는 아무도 계약직원이 하는 말에 귀를 기울이지 않는다. 그러나 그런 말을 해봐야 앗코 씨는 백배로 반론할 것이다. 애초에 차 따위로 직장에서 우위에 설 수 있다면 '차 시중이나 드는 여직원'이란 말은 없었겠지.

"그런 뻔뻔한 짓은 할 수 없어요. 야마가와 부장님이나 소수정예의 홍보과 직원을 돕는 것만으로도 저한테는 주제 넘는 일인걸요."

야마가와 부장. 모두를 능숙하게 이끌어가는 통솔력, 거침없는 명석한 발언, 골프로 태운 다부진 상반신. 류이치로에게 그 반만큼이라도 남자다움이 있으면 좋을 텐데, 미치코는 은근히 생각했다.

"흥. 뭐가 소수정예야. 우수한 팀이라면 벌써 옛날에 기획이 움직이고 있었겠지. 애초에 그렇게 누구나 생각할 수 있는 기획, 다른 회사하고 중복되는 건 당연한 거 아냐? 그 부장, 발상이 너무 진부해. 회의 방법부터 잘못된 것 같지 않아?"

동경하는 상사와 선배들을 깡그리 무시하니 아무래도 말이 퉁명스러워졌다.

"애초에 이런 폭염에 크리스마스 기획을 생각하는 게 무리죠."

그렇게 말하고 멍한 시선으로 거리를 보는데, 이마에 엄청난 아픔이 느껴졌다. 맙소사, 앗코 씨가 알밤을 먹인 것이다.

"무슨 물러터진 소리야. 모든 비즈니스의 기본은 상상력이라고. 상상력을 발동하면 크리스마스에 샴페인을 파는 것쯤은 간단한 일이지. 사람은 어디에 돈을 쓰는지 알아? 상상력과 프로의 수고와 서프라이즈에 쓰는 거야."

"저 같이 평범한 사람이 어떻게 앗코 씨처럼 아이디어를 펑펑 내겠어요."

"하여간에 말대답만 따박따박 하고. 너, 상상력이란 게 굉장히 특수한 재능이라고 생각하지? 그건 누구나 갖고 있는 거야. 쓰는가 안 쓰는가의 차이지. 너 어릴 때, 여기 널려 있는 외국 책 종종 읽었지? 민스파이며 울새며 말오줌나무 같은, 낯선 말이 나오면 거기에 막혀서 읽기 싫어졌어? 그렇지 않았잖아. 상상력을 마음껏 동원해서 이곳이 아닌 어딘가를 떠올려 보았을 테지. 바로 그거야."

뜨끔해서 앗코 씨가 고른 책들에 시선을 떨어뜨렸다. 어릴 때, 도서관에서 되풀이하여 빌려 읽었던 그 책들은 정말로 미치코에게 가본 적 없는 나라의 냄새와 공기, 먹은 적 없는 요리의 맛을 또렷이 느끼게 해주었다. 그 시절에는 아직 보지 못한 세계를 상상하는 일이 조금도 귀찮거나 두렵지 않고, 오히려 즐겁기만 했다.

"옳지, 좋은 생각이 났다! 다음 주 초부터 5일 동안 너희 회사에 가서 회의에 낼 애프터눈 티를 준비할게. 본고장 영국식 서비스를 해주겠어."

"앗코 씨가요? 다카시오 물산에 온다고요!? 잠깐만요! 곤란해요. 절대로 오면 안 돼요!"

목 위로 핏기가 가시며 의자에서 굴러 떨어질 뻔했지만, 앗코 씨는 의기양양하게 사다리에서 일어나 종이가방을 휙 들었다.

"영국에서는 예삿일이야. 기업이 티 서비스 전문가를 고용하는 것은. 나, 이런 문화는 꼭 일본 기업에도 정착시키고 싶어. 어쨌든 홍차의 성분인 타닌은 긴장을 풀어주고, 토론을 원활하게 하는 힘이 있으니까. 자, 명함을 봐. 나 영국에 있는 동안 우수한 집사의 지도 아래, 과자 만들기와 서빙을 공부를 했다고."

여러 개의 직책 중에 '티 전문가'란 글자를 발견하고, 미치코는 어깨를 떨어뜨렸다. 여긴 영국이 아닌데……. 앗코 씨가 오면 어떤 소동이 일어날까.

"매일 3시에 반드시 회의 멤버를 모아. 회의실 잡아두고. 매회 30분이면 돼."

"네, 겨우 30분이요?"

"회의는 몇 시간씩 늘어지게 하는 것보다 단기전으로 여러 차례 거듭하는 편이 효과적이야. 출장비는 네가 평소 다과 준비에 쓰는 예산을 그대로 주면 돼. 재료비밖에 안 되지만, 물론 자원봉사는 아냐. 나는 내 자신을 기업에 팔 기회라고 긍정적으로 받아들이고 있어."

전에는 마법의 날개를 단 것처럼 어디까지고 날아갈 수 있을 것 같은 기분이 들었던 앗코 씨의 서프라이즈 제안이 지금의 미치코에게는 무거운 짐이었다. 간신히 계약직원이 되었는데, 이상한 시선을 받고 싶지 않았다. 정신을 차리고 보니 앗코 씨는 가게에서 사라지고, 좀 전까지의 대화가 백일몽처럼 느껴졌다. 앗코 씨가 가자마자 돌아온 류이치로는 태평스럽게 입술에 튀김덮밥 기름이나 번들거리고 있어서 미치코는 들으란 듯이 한숨을 쉬었다.

"누구야, 저런 이상한 아줌마 부른 게!?"

기업 대상 티 서비스를 불렀다고 미치코가 횡설수설 설명하기도 전에, 가장 먼저 미간을 찌푸린 사람은 입사 7년차인 기무라 쇼고 씨였다. 눈사람을 연상케 하는 동그란 배와 불룩한 가슴에 연결선도 없이 턱 올려진 빵빵한 얼굴은 불만으로 터질 것 같았다. 음식에 관한 전문 지식은 누구보다 풍부하지만, 점심때 엄청나게 먹는 것으로 유명하고, 그래선지 오후에는 늘 졸린 것 같았다. 회의 중에는 이내 꾸벅꾸벅 졸아서 진행을 맡은 미치코는 주의를 주지도 못하고 애를 태웠다.

목에서부터 발목, 손목까지 다 덮는 검은 원피스 차림의 앗코 씨가 출입증을 목에 걸고, 거대한 등나무 바구니를 들고 기다리는 모습을 보았을 때는 정말이지 울 뻔했다. 아침 일찍 회의 알림문자를 보냈는데도, 3시가 조금 지난 뒤에야 하나둘씩 모인 네 명의 선배와 야마가와 부장은 레이스가 나풀거리는 하얀 앞치마와 모자를 쓴 키가 큰 중년여성을 보자마자 당황한 듯이 눈이 휘둥그레졌다. 접이식 긴 테이블에는 빳빳하게 풀을 먹인 테이블보가 깔려 있고, 티 포트와 티 거름망, 우유통에 설탕통, 인원수 만큼의 찻잔과 소서, 케이크 접시, 희미하게 빛나는 스푼, 냅킨 등이 가지런하게 놓여 있었다. '이상한 나라의 앨리스'의 모자가게 다도회 그 자체인 현실성 없는 광경에 미치코는 자신이 실수를 한 것처럼 부끄러워졌다. 테이블 제일 구석에서 노트북을 켜놓고 되도록 노트북 회의록에서 눈을 돌리지 않았다.

"기왕 메이드를 부르려면 말이야, 좀 더 젊고 귀엽고 설레는 캐릭터로 해주면 좋았을걸."

"출장 티 서비스라니, 고작 부원 회의에 너무 사치야. 그러잖아도 홍보비 삭감돼서 미치겠는데. 평소처럼 종이컵 아이스 커피하고 편의점 과자로 충분해."

서류로 입을 가리고 외까풀의 치켜 올라간 눈을 한층 날카롭게 뜨고 있는 사람은 기무라 씨 동기인 니카이도 사나에 씨

80

다. 미치코가 작은 목소리로, 예산 내에서 했습니다……라고 설명했지만, 들리지 않는 것 같았다. 평소에는 유쾌한 독설과 아이디어를 펑펑 내뱉는 타입이면서, 회의 중에는 거의 발언을 하지 않고 노트북만 보고 있으니, 미치코는 답답해서 미칠 것 같았다. 둘째가 태어난 지 얼마 안 되어 매일 일찍 퇴근하는 입사 10년차 쇼노 유키코 씨는 무슨 생각을 하는지 모를 우아한 미소만 짓고 있다. 2년 전, 허를 찌르는 프로모션으로 대만제 봉지 라면을 중고생들 사이에서 히트시킨 8년차 아오시마 레이지 씨는 갸름한 얼굴을 숙이고 나한테는 아무것도 묻지 마, 하는 분위기다.

케이크 접시에는 이등변삼각형에 구멍이 송송 뚫린 쇼트 브레드가 두 개씩 담겨 있었다. 정통 애프터눈 티라고 들었기 때문에 분명 삼단으로 포갠 접시에 멋진 케이크나 스콘일거라 생각했다. 실망스러움과 동시에 그렇게 거창하지 않아서 다행이라고 안도했다.

"뭐, 좋잖아. 사와다, 재미있는 시도네. 고마워."

테이블을 둘러싼 곤혹스러운 분위기를 수습해준 사람은 늘 그렇듯이 야마가와 부장이었다. 예산과 시간을 들이는 것에 부장만은 반발하지 않았다. 상큼하게 웃는 얼굴이 가지런한

이목구비를 어려 보이게 했다. 미치코는 간신히 일동을 둘러볼 여유를 되찾았다.

"자, 이번 주 안에 반드시 조세프 판촉 이벤트 개요를 수정해야 하는데요. 미카코를 대신할 새로운 이미지의 모델을 찾을지, 아니면 유명 호텔에서 커플을 대상으로 하는 토크쇼 방식으로 다시 생각해볼지⋯⋯. 오늘은 일단 모든 것을 백지로 하겠습니다. 브레인스토밍으로 여러분의 의견을 자유롭게 들려주세요."

미치코가 조심스럽게 회의를 시작한 것을 신호로 앗코 씨는 작은 새와 담쟁이 무늬가 귀여운 티 포트를 들고 테이블을 돌며, 각자에게 차를 따르기 시작했다.

커다란 티 포트 주둥이에서 홍차가 호박색으로 빛나는 리본이 되어, 쪼르르륵 하는 희미한 소리와 함께 잔에 따라졌다. 저도 모르게 빨려들 듯한 향기로운 김이 사람들의 뺨을 부드럽게 감쌌다. 앗코 씨의 동작은 조금의 군더더기도 없었지만, 이쪽이 주눅들만큼 고고한 분위기는 아니었다. 입술은 꼭 다물고, 포커페이스인데도 꾸밈없는 분위기가 좋았다. 평소의 엄한 분위기는 사라지고 가볍게 리필을 주문할 수 있을 것 같은 편안함과 섬세함이 감돌았다.

"이렇게 더운 날, 어째서 뜨거운 차를 마셔야 되는 거야."

언짢은 듯이 내뱉고는, 찻잔에 입을 댄 기무라 씨가 이내 오옷? 하는 표정을 지었다. 쇼노 씨의 뽀얀 얼굴이 금세 활짝 펴지며 은은하게 핑크빛으로 물들었다.

"아, 맛있어라……. 얼 그레이네. 아주 정성껏 끓인 게 느껴져요."

마지막으로 찻잔이 채워진 미치코도 한 모금 마시고 눈이 동그래졌다. 찻잔을 기울이자마자 감귤계통의 따뜻한 바람이 목에서 코를 뚫고 지나갔다. 내내 머리를 막고 있던 뚜껑이 톡하는 소리를 내며 빠져나간 것 같았다. 회사의 센 냉방에 길든 몸이 심지까지 차가워져서 움츠러들어 있었다는 사실을 지금 처음으로 깨달았다. 한동안 황홀하게 베르가못의 뜨거운 바다를 떠도는 기분이었다. 차에 취한다는 게 이런 건가.

문득 아래를 보니 티 소서 중앙에 조그맣게 접은 메모가 있었다. 고개를 갸웃거리며 주위 사람들이 눈치채지 못하도록 살짝 펼쳐보고 미치코는 깜짝 놀랐다. 거기에 쓰인 건 분명히 앗코 씨의 글씨였다. 아냐, 이런 말을 나한테 할 리가 없어. 구원을 요청하며 이미 벽과 일체가 된 것처럼 무표정한 앗코 씨를 보았지만, 시선을 받아주지 않았다. 니카이도 씨가 드물게 감탄하며 말했다.

"요즘 차라고 하면 페트병의 차가운 차만 마셨는데. 아, 향기 좋네. 이 쇼트 브레드도 따뜻하고요. 혹시 갓 구운 빵?"

그녀 말대로 쇼트 브레드는 따듯했다. 바삭해서 이를 갖다 대자마자 순식간에 가루가 되어, 버터향 가득한 향기로운 폭풍이 혀에서 춤을 추었다. 한동안 실내는 바삭바삭하는 기분 좋은 소리가 흘러넘쳤다. 앗코 씨가 설정했는지 이 방의 냉방은 그리 세지 않은데, 어째선지 덥다고는 느껴지지 않았다.

"뭐, 다른 회사와 중복된 건 우리 기획이 너무 흔해서 그랬을 거야."

아오시마 씨가 홍차를 마시면서 말하다, 이내 아차 하듯이 입을 다물었다. 야마가와 부장은 빙긋이 웃는 얼굴로 그를 보며 끄덕였지만, 그 눈이 웃고 있지 않다는 사실에 미치코는 오싹했다. 부장은 미소를 유지하며 입을 열었다.

"그렇지만 크리스마스는 커플을 위한 거잖아? 미카코처럼 남자의 이상이자, 여성의 롤모델이 될 만한 캐릭터. 데이트 장소로 최적인, 거대한 크리스마스트리가 우뚝 솟아 있는 호텔 라운지. 샴페인을 매력적으로 보이게 하는 데 빼놓을 수 없는 요소들이지. 기획을 수정하더라도 기본 노선은 그대로 가는

게 좋지 않을까."

그때였다. 의외로 쇼노 씨가 조심스럽게 끼어든 것은.

"그렇지만 호텔에서 샴페인을 마시려는 커플이 요즘 세상에 얼마나 될지……. 젊은 사람들 구두쇠여서 특별한 날에도 되도록 돈을 쓰지 않는 게 주류일 텐데요."

"아냐, 아냐. 그래도 달라진 건 사용하는 액수뿐이지. 크리스마스가 되기 전에 애인을 만들려고 하는 것이 아직까지는 일반적인 생각이야. 그리고 애인이 생기면 잊을 수 없는 추억을 만들고 싶어하지, 특히 여성은."

집합이 늦어서 화이트보드 위의 시계는 이미 3시 25분을 가리키고 있었다. 본격적 티파티를 열었지만, 역시 아무것도 정해지지 않았다. 이런 것은 애들 눈속임, 30분이라는 짧은 시간에는 아무것도 정할 수 없다. 그러나 조금이라도 전진하기 위해서는 지금은 앗코 씨를 따를 수밖에 없다. 깊이 숨을 들이마시고, 미치코는 결심했다.

"저기, 어, 그, 시간이 다 돼서 이것으로 마치겠습니다. 앞으로 4일 동안, 매일 30분씩 이 방에서 회의를 하겠습니다. 오늘처럼 차와 다과를 준비해두도록 하겠습니다. 금요일까지 꼭 조세프 판촉 이벤트 계획을 결정해야 합니다. 만약 결정하지 못하면……, 진행하는 제 책임이니 제가 내는 기획을 그대로 통과시키겠습니다. 부장님, 괜찮으시겠습니까?"

말끝이 떨렸다. 도저히 내가 한 말이라고 생각되지 않았다. 앗코 씨의 메모에는,

'회의란 제한시간을 정해두지 않으면 아무것도 결정되지 않아. 금요일까지 아무것도 없으면 내가 만든 안을 통과시키겠습니다, 하고 먼저 전원에게 선언해'라고 쓰여 있었다.

"호오, 뜻밖인데 사와다 씨……."

기무라 씨가 놀란 듯이 이쪽을 보았다.

구원을 청하며 시선을 보냈더니 아까는 신경 쓰여서 미칠 것 같았던 앗코 씨가 지금은 회의실에 완전히 녹아들어, 회사의 일부처럼 느껴지는 것이 신기했다. 이것이야말로 집사의 나라 영국에서 익혀온 일류 서비스인 걸까.

"대단한 기세. 의욕은 높이 살게."

야마가와 부장은 당황스러운 듯이 웃으며 끄덕였다.

'여러분'이 아니라 '내'가 어떻게 생각하는가. 진행 담당자는 타인에게 키잡이를 맡기면 안 돼.

떨어져 있는데 어째선지 귓가에 앗코 씨의 속삭이는 소리가 들리는 것 같은 기분이 들었다.

화
요
일

오늘 메뉴는 오이 샌드위치였다.

어지간히 목빠지게 기다렸는지, 제일 먼저 회의실에 나타난 기무라 씨는 손을 비비며 오이 샌드위치를 내려다보았다. 비취색 슬라이스와 부드러운 하얀 빵의 상큼한 조화에 넋을 잃은 것 같았다.

"오호, 오늘은 샌드위치네. 점심을 못 먹어서 이런 메뉴 반가운걸. 야마가와 부장님은 아직 안 오셨나?"

지각대장인 아오시마 씨가 3시 전에 도착해 들뜬 모습을 보였다. 회의에는 의욕이 있건 없건, 차가 기대되는 것은 시간 전에 서둘러 온 쇼노 씨도 니카이도 씨도 마찬가지였다.

"달콤한 것을 기대했지만, 이런 간식도 신선하네. 입이 개운

해. 오늘 홍차는 다르질링이네. 색깔이 예쁜걸. 빵하고 잘 어울려."

"오이 껍질도 깨끗하게 벗기고 소금 간까지 잘 됐어. 그래서 빵하고 버터만으로도 맛있구나. 이거 완전 프로의 솜씨네."

두 아이 엄마답게 쇼노 씨는 넋을 잃고 감탄하며, 매니큐어를 바르지 않은 손가락으로 조그맣고 네모나게 자른 샌드위치를 집었다. 저마다 한마디씩 하는 칭찬이 귀에 들어올 텐데 앗코 씨는 여전히 조용히 움직이기만 할 뿐, 무표정을 고수했다.

음식 프로모션 전문가인 선배 네 명은 입이 고급스럽고 지식이 풍부하다. 이런 사람들이 종이컵 커피나 편의점 과자를 먹고 의욕이 날 리가 없지, 하고 미치코는 반성했다. 이 정도의 정통 애프터눈 티는 준비하지 못하더라도, 하다못해 조금은 소통이나 토론할 기분이 드는 간식을 생각해봤어야 했다.

"초등학교 수업시간에 캐러멜로♦ 만들었던 게 생각나네요."

니카이도 씨가 쿡쿡 웃으면서 찻잔을 천천히 기울였다.

"생각해보면 그냥 설탕 눌어붙은 건데 말이죠. 엄청나게 맛있었어요. 지금 생각하면 그거 학교에서 먹어서 그런 것 같아

♦
| 누런 설탕에 소다를 넣어 살짝 구운 과자

요. 이 차나 샌드위치도 마찬가지. 회의실이란 곳이 평상시엔 맛있는 걸 먹을 수 있는 장소가 아니니까, 비일상적이고, 드라마 같은 느낌이어서 더 맛있게 느껴지는지도…….”

오호, 하듯이 기무라 씨가 샌드위치를 입에 넣으면서 몸을 앞으로 내밀었다.

“비일상과 드라마라. 판촉에서 중요한 것이네. 이를테면 조세프 이벤트도 뜻밖의 장소에서 게릴라식으로 해보는 건 어떨까요? 전혀 기대하지 않은 장소에서 차가운 샴페인을 마신다면 굉장히 맛있고 기쁘지 않을까요?”

“그러네요. 크리스마스에 커플들이 절대로 데이트하지 않을 것 같은 장소라면?”

“경륜장이 어떨까? 아, 차라리 모터보트 경주장이 낫나?”

선배들이 눈을 반짝거리며 저마다 의견을 주고받는 모습에 미치코는 가슴이 뜨거워지는 걸 느꼈다. 계속 멈춰 있던 시간이 드디어 움직이는 기분이었다. 이것도 홍차 효과일까. 잇따라 비어가는 찻잔에 앗코 씨는 연신 포트를 들고 돌아다니며 채워주었다.

“왜 어린이 직업체험 공간인 ‘키자니아’란 곳 있잖아요. 키자니아 성인판 같은 것을 만들어서 그곳에서 술을 마시면 재미있겠죠."

미치코는 바로 '어른 직업체험' '비일상' '드라마'라고 회의록에 입력했다.

"흠흠. 다들 제안은 재미있지만."

어느새 지각한 야마가와 부장이 도착하여 문에 기대 서 있었다. 모두들 얼굴을 마주보며 작은 창이 차례로 탁탁 닫히듯이 입을 다물었다.

"그런데 이건 레토르트 식품이나 컵라면 판촉이 아니라고. 샴페인이야. 샴페인. 혼자 보내는 크리스마스에 조세프는 어울리지 않잖아?"

부장은 부드럽게, 그러나 토를 달 수 없는 어조로 말하고 자리에 앉았다. 화기애애하던 분위기는 순식간에 사라졌다. 그때, 미치코는 부장이 연상하는 크리스마스가 어떤 건지 알아차렸다. 샴페인이 퐁하는 소리를 내며 거품을 일으키고, 거리에는 커플만이 존재하며, 네온과 크리스털로 장식되어 번쩍거리는 성탄절 밤. 그것은 아마 부장 이외에는 이곳에 있는 누구도 경험한 적 없는 크리스마스일 것이다.

수
요
일

"어, 오늘 부장님은?"

회의실에 들어서자마자 기무라 씨가 일찌감치 와서 앉아 있는 사람들을 둘러보고, 의아해하며 물었다. 미치코는 조금 전 내선전화를 받고 안색이 바뀌어 달려간 부장의 당부를 그대로 전했다.

"마침 급한 손님이 오셨다고 합니다. 영국의 스티븐&실버스톤 도쿄 지사에서 직접 상담하고 싶다는 연락이 왔다고…….
오늘 회의는 여러분끼리 하라고 전하셨어요. 나중에 회의록으로 확인하시겠대요."

역사 깊은 세계적인 홍차 브랜드의 이름을 듣자마자 기무라 씨는 와우, 하고 과장스럽게 몸을 젖혔다. 앗코 씨가 늘어놓은 접시에는 진한 갈색으로 잘 구워진 케이크에 가루설탕이 눈처럼 뿌려져 있었다. 미치코는 전원이 모이자, 바로 설명을 시작했다.

"오늘 간식은 빅토리아 샌드위치 케이크입니다. 영국의 전통적인 과자로 스펀지케이크에 수제 라즈베리 잼을 듬뿍 넣었습니다. 차는 우바를 사용했습니다. 스트레이트로 향을 맛본 뒤에 꼭 우유를 넣어 즐겨주세요."

얼핏 부드럽고 가벼워 보이는 스펀지였지만, 포크를 튕겨낼 정도로 탄력이 있었다. 오후의 햇살을 받아 반짝거리는 진홍색 잼이 녹진하게 흘러넘치고, 새콤함과 달콤함이 케이크의 묵직함을 돋보이게 했다. 한 입 먹자마자 다들 눈이 가늘어졌다.

"오, 맛있다. 진한 맛 때문에 홍차가 더 맛있게 느껴지네. 음. 달콤한 것을 먹고 있다는 느낌이야. 일본의 섬세한 케이크에는 없는 소박하고 묵직한 느낌이 좋네요."

쇼노 씨의 말대로 상큼한 향이 나는 차에 볼륨 있는 케이크가 잘 어울렸다. 몸속에 활력이 넘쳐나는 기분이 들었다. 미치코는 모두를 둘러보았다.

"어제 브레인스토밍에서는 여러분이 마음속에 그리는 크리스마스의 형태가 조금 보이기 시작한 것 같습니다. 어른이 아

3시 회의에
전 직장상사가 나타났다

이로 돌아가서 좋아하는 것을 하며 보내는 날이랄까……. 만약에 올해 크리스마스에 혼자라면 어떤 일을 하고 싶을까요?"

"만약에,가 아니라 어차피 올해도 혼자야!"

니카이도 씨가 너무나도 비참하다는 듯이 말해서 까르르 웃음이 터졌다.

"그래도 괜찮아. 언제나처럼 DVD 잔뜩 빌려와서 맥주에 프라이드치킨. 좋아하는 영화를 실컷 볼 거니까. 아, 기대되네."

그 말이 거짓이 아님을 증명하듯 니카이도 씨는 싱글벙글 정말 유쾌해보였다. 기무라 씨도 당당히 가슴을 폈다.

"나도 이 상태라면 올해는 혼자겠는걸. 좋아, 피에르 에르메의 크리스마스 케이크를 혼자 실컷 먹을까. 성탄 특집 프로나 보면서. 아오시마 씨는?"

"나는 느긋하게 이케아 가구나 조립할까 싶네. 피자도 배달시키고."

"좋겠다, 다들."

진심으로 부러운 듯이 한숨을 쉬며, 쇼노 씨는 찻잔을 소서에 올렸다.

"지금 생각하면 싱글이었을 때가 정말 럭셔리했던 것 같아. 혼자 와인을 따고, 나만 생각하고, 내가 좋아하는 걸 하면서 밤을 새우고, 정말 소중한 시간이었어."

쇼노 씨가 눈가에 주름을 지으며 조금 슬픈 듯이 미소 지었다. 미치코는 무심결에 시선을 떨어뜨렸다.

아이가 감기 걸리면 주저 없이 조퇴하고, 매일 누구보다 일찍 귀가하는 그녀는 왕따는 아니지만, 사내에서는 전력 외로여기는 경향이 있었다. 그러나 한창 육아에 바쁜 그녀는 집에가봐야 자유 시간이 없는 거나 다름없다. 언젠가는 자신도 경험할 길인데 이해하려고도, 입장을 바꾸어 생각하려고도 하지않았던 자신의 냉담함을 확인당하는 기분이었다. 반성하는 마음으로 미치코는 입을 열었다.

"혼자를 즐길 수 있는 사치스러운 시간⋯⋯. 조세프는 혼자맞는 크리스마스를 긍정, 아니, 권장하지 않을까요?"

아오시마 씨가 바로 환하게 웃어서 미치코는 구원받은 기분이었다.

"그거 좋네. 조세프는 미니보틀이어서 혼자 마시기도 딱 적당하고."

"맛이 담백하니 아무 요리나 어울릴 것 같고. 혼술의 단골안주인 꼬치구이하고도 어울리지 않나? 음, 전국 이자카야 체인점에서 파는 것도 괜찮겠는걸. 조세프와 꼬치구이로 솔로의 성탄절 세트 메뉴, 어때?"

니카이도 씨가 케이크를 쿡쿡 찌르면서 직원식당에서 수다 떨 때와 다름없는 어조로 발언해주는 것이 기뻤다.

"이야, 부장님한테 이런 궁상 맞은 이야기 들어가면 곤란해. 그 어르신, 버블기의 판매 전쟁에서 승리했던 영광을 잊지 못하는 분이라."

기무라 씨가 다시 의견을 내놓자 드문드문 웃음이 터졌다. 야마가와 부장이 이렇게 소외당하고 있는지 몰랐다. 가엾다는 생각과 동시에 자신도 부장과 함께 웃음거리가 된 것 같아 왠지 부끄러웠다. 어제부터 어렴풋이 느끼긴 했지만, 부장이 없을 때는 분위기가 화기애애하다. 모두 그의 경력과 자신만만한 태도 앞에서 주눅드는 걸까. 일단 부장의 평판을 조사해두는 편이 좋을지도 모르겠다. 선배들은 토론을 계속했다.

"그렇다면 이미지 캐릭터는 미카코로 안 되겠네. 혼술이나 혼밥이 어울리는 연예인이어야 하겠지. 음. 배우보다는 예능인으로?"

아오시마 씨의 질문에 니카이도 씨가 대답했다.

"으음. 그러네. 혼자 있는 것이 자학적이지도, 그렇다고 너무 멋있지도 않은 사람이 좋겠네. 아, 저 여자도 우리하고 똑같구나, 하고 자연스럽게 느낄 수 있는 인물이 좋겠어."

"그렇다면 아마추어 쪽이 때가 타지 않아서 좋겠네. 예를 들자면 인기 있는 여성 블로거 어때?"

갑자기 말이 많아진 쇼노 씨의 제안에 기무라 씨가 입술을 실룩거리며 말했다.

"인터넷이라면 니카이도의 트위터 완전 인기잖아."

"뭐야, 남의 트위터를 어떻게 알아요!?"

니카이도 씨는 잔뜩 겁먹은 모습으로 차를 마시다 켁켁거렸다.

"뭘 그래, 회의 중에도 자주 보잖아. 계정이 @hitori-nomi였던가. 혼자 사는 여자의 일상이며, 혼자 가기 좋은 술집 정보라든지 시원하고 아슬아슬한 멘트가 재미있던걸. 유명인들도 팔로하는 것 같던데?"

"오, 팔로우 4만 명? 이건 조세프에 이용하지 않을 수 없는 걸."

바로 스마트폰을 꺼내서 검색했는지 아오시마 씨가 큰 소리로 말했다. 쇼노 씨가 뒤에서 스마트폰을 들여다보고 눈을 반짝거리며 끄덕였다.

"홍보부 블로그를 선전 도구로 사용하는 일도 흔히 있잖아. 조세프 판촉활동 기록을 니카이도 씨 트위터로 중계하면 어떨까. 직원을 활용하면 공짜잖아"

"싫어요. 그런 노골적인 것은. 다카시오 직원이란 것 알리고 싶지 않다고요."

"얼굴 안 드러내면 되지. 근무 중에 인터넷하면서 놀았던 것 눈감아 줄게. 응?"

아오시마 씨가 거침없이 말하자, 니카이도 씨의 얼굴이 파랗게 질렸다. 미치코는 깜짝 놀랐다. 이 사람들 이렇게 재미있고 개성 넘쳤구나.

어쩌면 회의란 아주 즐거운 것이지 않을까.

회의가 끝나고 선배들이 돌아가기를 기다렸다가, 미치코는 뒷정리를 하는 앗코 씨에게 말을 걸었다.

"다들 서로 의견을 자유롭게 낸다는 건 참 중요하네요. 저기……, 앗코 씨가 한 얘기, 좀 이해가 갈 것 같아요."

그제야 돌아보는 앗코 씨는 이미 느낌 좋은 메이드의 표정이 아니라, 위압적인 전직 상사의 그것으로 돌아와 있었다.

"그러기 위해서는 진행자가 제대로 분위기를 장악해서 의견을 내게 하는 분위기를 만들어야 해. 부장이 있으면 다들 위축되는 것 오늘 회의를 보고 알았지? 하지만 내일은 부장이 돌아올 거야. 부장의 체면도 구기지 않고, 모처럼 뜨겁게 달아오

3시 회의에
전 직장상사가 나타났다

른 흐름도 지켜야 해. 그리고 너 나름의 플랜을 최소한 한 가지는 말할 수 있도록 준비해 둬. 회의록을 다시 잘 읽어보면 분명히 힌트를 얻을 수 있을 거야."

한 마디도 놓치지 않으려고 황급히 펜으로 손등에 메모했다. 이것만큼은 꼭 확인하고 싶어서 앗코 씨의 비위를 건드리지 않도록 세심한 주의를 기울이면서 작은 소리로 물었다.

"설마라고 생각하지만, 스티븐&실버스톤에서 온 손님이요. 앗코 씨가 무슨 수를 써서 보낸 것 아니에요? 부장님이 자리를 비우게 하기 위해……. 지금까지 다카시오가 아무리 접촉하려고 해도 상담에 응해주지 않았는데, 느닷없이 그쪽에서 그것도 하필이면 홍보부장을 지명해서 사전 약속도 없이 찾아오는 게 이상해서요."

"흥, 영국에서 지인을 잔뜩 만들었다고 했지."

앗코 씨는 쌀쌀맞게 말하고 등을 돌렸지만, 입김을 후후 불면서 닦고 있는 은색 쟁반에 비친 얼굴은 몹시 만족스러워 보였다.

"와아, 맛있겠다. 오늘은 스콘이네. 따뜻해!"

3시 정각에 홍보부가 모두 모이는 것은 인제 당연한 일이 되었다. 부드럽게 부푼 스콘 표면은 반짝반짝 빛나고, 달콤한 김이 났다. 치즈에 크림에 여러 종류의 잼. 곁들이는 것이 다양해서 다들 바삐 손을 움직이며 대화를 즐겼다. 기무라 씨가 들떠서 말했다.

"아, 이거 클로티드 크림이네. 일본에서는 사기 힘든 건데. 오, 이 마멀레이드도 쌉쌀하고 맛있는걸. 수제인가? 음, 우유를 듬뿍 넣은 아삼assam하고 잘 어울리는구나."

한여름에 따뜻한 것을 먹는 데 아무런 저항도 없어진 듯했다.

"저기요, 궁금했는데, 어디서 구우세요? 저어, 언니?"

쇼노 씨의 물음에 앗코 씨는 조용히 돌아보았다. '언니'라고 불러서 기분나빠하지 않을까 조마조마했지만, 앗코 씨는 간결하지만 온화하게 대답했다.

"여기까지 타고 오는 왜건에 가스오븐이 있어서 이동 중에 구워 바로 내고 있어요."

"어머, 더운데 힘들겠어요. 혹시 케이터링 같은 것 부탁할 수 있는지… 나중에 명함 좀 받을 수 있을까요? 애들 생일이나 학부모 모임 때 꼭 부르고 싶어요."

쇼노 씨와 앗코 씨가 대화를 주고받고 있을 때, 늦게 온 부장이 한 사람 한 사람의 얼굴을 들여다보며 자기 자리를 향해 천천히 걸어갔다.

"아주 분위기 좋네. 회의록 읽었어. 자, 바로 실행에 옮길 수 있는 구체적인 제안은 없을까? 벌써 목욕일이니 느긋하게 있을 때가 아니야."

다들 또 입을 다물어버렸다. 어제의 적극성은 어디로 사라진 걸까…… 지난 24시간 동안 정보 수집을 하여 미치코도 알고 있었다. 야마가와 부장이 사람은 좋아 보이지만, 고집스러운 성격 때문에 지금까지 몇 번이나 기획안이 틀어지다 보니 그로 인해 다들 기피하는 바람에, 인원수 많은 영업추진부에서 소수의 이 부서로 이동하게 된 것을.

누군가가 도와주기만을 초조하게 기다리고 있으면 안 된다. 부장이 자리에 앉자마자, 미치코는 차를 한 모금 마시고 자세를 바로했다. 진한 아삼에 졸음이 확 달아났다. 앗코 씨의 지시대로 어젯밤에는 늦게까지 기획안을 짰다.

"저기, 이건 어디까지나 의견인데요……."

미치코는 조심스럽게 오른손을 턱 높이까지 올렸다.

"조세프 판촉 장소로 전국에 체인점이 있는 비디오 대여점은 어떨까요. 이를테면 업계 최대인 '플라잉숍'은 어디에나 있잖아요. 가게에 코너를 설치해서 스태프나 지역 파견회사의 도우미를 불러 견본품을 나눠주는 건 어떨까요? 시음 코너도 만들고요."

부장과 선배들이 미치코 쪽을 보았다. 이런 식으로 의견을 제대로 들어주는 것은 처음이었다. 심장이 터질 것 같아서 진정시키려고 홍차를 한 모금 마셔보았다. 훨씬 차분해졌다. 티소서에 메모가 또 접혀 있었다. 사람들 눈에 띄지 않도록 몰래 펼쳐보니 '긴장을 풀기 위해서는 귓불을 만질 것'이라고 쓰여 있었다. 미치코는 순순히 두 손을 귀로 가져가 가볍게 조물거렸다. 더는 물러나지 않기로 마음먹었다. 이곳은 회의실. 일에 관한 아이디어라면 무슨 말을 해도 용서되는 무법지대다.

"최근에는 비디오 대여점 계산대 옆에 초콜릿이나 감자칩 같은 걸 진열해두죠. 싸게 파는 것도 아니고, 어디서나 살 수 있는 것인데 매출은 해마다 올라간다고 합니다. 배가 고픈 건 아니지만, 오늘 밤에 볼 DVD를 결정한 순간 뭔가 군것질거리가 필요했던 경험은 저도 있습니다. 다른 자료에 따르면 어떤 슈퍼마켓의 시리얼 매장에 바나나를 진열해놓았더니, 양쪽 다 매출이 비약적으로 올랐다고 합니다. 시리얼, 바나나. 바쁜 아침에 먹는 것이죠. 어떤 것과 어떤 것이 의외의 형태로 엮이면 새로운 소비욕구를 낳지 않을까요."

한동안 아무도 입을 열지 않았지만, 니카이도 씨가 평소와 달리 진지한 모습으로 이쪽을 보았다.

"난 사와다 씨 의견이 나쁘지 않다고 생각해요. DVD를 고르는 데는 꽤 시간이 걸리니 플라스틱 용기로 시음을 하게 하면 서가를 둘러보는 동안 눈 깜짝할 사이에 한 잔 정도는 마시지 않을까요? 그리고 돌아가는 길에 슈퍼에서 그걸 발견하면 무심코 사게 될 것 같아요. 혼자 크리스마스를 보내는 손님을 콕 집어서 노릴 수 있는 홍보인데요."

"샴페인이 효과적으로 팔릴 만한 DVD 서가를 만들어도 괜찮겠네. 좋은 아이디어야."

아오시마 씨도 감탄한 듯이 끄덕였다. 모두 흥미를 보여서 일단은 안도했지만, 야마가와 부장만은 꺼림칙한 듯이 고개를 갸웃거렸다.

"의견은 재미있는데, 지나치게 엉뚱한 것 아닐까? 그 자리에서 바로 팔지 못한다면 의미가 없잖아. 시음만 시키는 자원봉사가 아니라고."

부장은 불쾌감을 느낀 걸까. 미치코는 겁이 나서 어떻게든 분위기를 수습해야 하는데, 의견을 취소해야 하는데, 하고 초조해했다. 그때 앗코 씨와 시선이 마주쳤다. 그녀는 턱을 당기며 마치 "그대로 밀고 나가"라고 명령하는 것 같았다. 미치코는 깨달았다.

그래. 이건 싸움이 아냐. 토론이야.

부장을 나쁜 사람 취급하고 전근대적이라고 단정짓고 그 존재에 주눅들면서, 자신이 선량한 약자라고 믿는 것은 착각이다. 부장은 진심으로 크리스마스는 화려하게 보내야 하는 날, 사치를 부리는 날이라고 생각하고 있다. 거기에는 나쁜 마음도 교만도 없다. 착각한 채 지금까지 온 것은 그의 성격에 문제가 있는 게 아니라, 아무도 그에게 의견을 말할 용기가 없었던 것뿐이다. 다른 의견이 서로 충돌하는 것, 그것이야말로 회의인데. 회의가 가져야 할 모습인데. 이럴 때 상상력을 발휘하지 않고서야. 부장을 묶고 있는 것, 부장을 가두고 있는 것, 그것은 바로 무역회사의 화려한 시절을 당신의 눈으로 보고 일조했다는 자부심이다. 그것은 필시 그의 핵核이다. 그것을 부정하면 아무것도 시작되지 않는다. 미치코는 마음을 진정시키고 최대한 듣기 좋고 이해하기 쉽게 얘기해보기로 했다.

"일본에는 기독교 정신이 뿌리내리지 않았습니다. 그래서 크리스마스는 소비하는 날이라는 인식밖에 없죠. 시대가 이렇게 바뀌었는데 아직 크리스마스는 밖으로 나가는 날, 커플끼리 보내야 하는 날이란 사고방식이 박혀 있습니다……. 그 정의대로 못해서 상처입는 사람, 콤플렉스를 가진 사람이 많다는 것을 누구나 알고 있는 데도 말입니다. 그러나 80년대부터 그것이 달라지지 않은 것은 크리스마스의 새로운 개념을 누구하나 제안하지 않아서가 아닐까요?"

또 아무도 말을 하지 않았다. 미치코는 머릿속이 새하얘지는 듯했다. 앗코 씨 쪽을 바라보았지만 여전히, 시선을 받아주지 않는 그 냉정함에 오히려 용기를 얻어서 간신히 말을 이어갔다.

"애써 행복한 척하지 않고, 세상의 흐름에 따라가려고 아등바등하지 않고 자신의 기쁨은 자신만의 보물로 평온하게 품어 간직하는……, 그런 라이프스타일을 제안할 수 있는 것은 식탁에서 문화를 견인할 수 있는 종합상사만의 역할이 아닐까요. 지금까지 없는 스타일 제안은 용기가 필요한 일입니다. 그러나 야마가와 부장님의 결단력과 경험이 있다면 불가능하지 않을 것 같습니다."

"어, 나……."

부장은 갑자기 지목을 받아 동요한 듯이 이쪽을 보았다. 미치코가 끄덕였다.

"그렇습니다. 저희가 할 수 있는 것은 어디까지나 마케팅. 소비자가 원하는 것을 미리 찾아 알려주는 것밖에 없습니다. 그러나 시대를 리드해온 야마가와 부장님의 힘이 있다면 기존의 규칙을 깨고, 새로운 가치관을 구축할 수 있으리라 생각합니다. 조세프 판촉을 통해서 완전히 새로운 크리스마스 스타일을 만들어낼 수 있지 않을까요?"

어떡하지, 말이 너무 많았다. 주제넘은 소리를 해버렸다. 미치코는 후회했다. 아까 먹은 스콘이 목까지 올라오는 것 같았다.

회의가 끝나고도 야마가와 부장은 한동안 자리에서 일어나지 않았다. 고개를 숙이고 있는 그의 찻잔에 앗코 씨는 새 홍차를 따라주었다. 호박색 수면이 흔들렸다.

3시 회의에
전 직장상사가 나타났다

금
요
일

"어, 오늘은 홍차가 아니네?"

그날 제일 마지막에 온 니카이도 씨가 노골적으로 실망했지만, 앗코 씨는 아까부터 냉장박스에 몸을 구부리고 있어서 들리지 않았던 것 같다. 그 등에서는 은은하게 가람 마살라 냄새가 나서 미치코는 반가운 마음이 들었다. 전 직장인 구름과 나무에 있던 시절, 앗코 씨는 금요일 점심때면 카레 가게 일을 도왔다. 아직 계속하고 있구나……. 비스마르크에 가면 앗코 씨를 만날 수 있는 걸까.

정말로 테이블에 찻잔은 없고, 앗코 씨가 각자의 앞에 늘어놓은 것은 키가 큰 유리컵과 호랑가시나무와 가루설탕으로 장식한 드라이프루츠를 듬뿍 넣은 진한 갈색 케이크였다.

야마가와 부장을 포함하여 전원이 3시 정각에 자리에 앉은 것은 처음이었다. 오늘로 티파티 회의는 끝난다. 아무것도 결정되지 않으면 미치코는 혼자 불완전한 기획을 통과시켜야 한다. 드디어 일어선 앗코 씨가 손에 든 것은 물방울이 맺힌 조세프 병이었다. 모두 눈이 동그래졌다.

"오늘은 차뿐만이 아니라 여러분 회사의 샴페인도 준비했습니다."

와, 누님이 또 말을 했어, 하고 기무라 씨는 감동한 듯이 중얼거렸다. 거의 동경에 가까운 눈빛이었다.

"여러분, 여러 차례 시음해보셨을 거라고 생각합니다만, 단독으로 마실 게 아니라 여러 가지 안주와 함께 마시기를 권합니다. 고기나 생선뿐만 아니라, 조세프는 맛이 가벼워서 케이크하고도 잘 어울린답니다. 오늘 준비한 케이크는 영국의 전통 레시피로 만든 크리스마스 푸딩입니다. 계절에는 맞지 않지만, 12월을 떠올리며 한번 드셔 보세요."

그렇게 설명한 뒤, 앗코 씨는 병을 들고 테이블을 돌며 기포가 톡톡 터지는 소리와 함께 샴페인을 따랐다. 호오, 이게 크리스마스 푸딩? 미치코는 찬찬히 접시의 푸딩을 바라보았다. 어릴 때 즐겨 읽던 책에 몇 번이나 등장한 음식인 만큼 황송한

마음이 들어 등을 곧게 펴고 포크를 들었다. 묵직하고 촘촘한 푸딩이 입에 들어가자마자 호로록 무너진다. 취할 만큼 듬뿍 양주를 머금은 건포도며 나무열매들. 마치 영국 사계절의 은혜가 혀 위를 달리는 듯하다. 처음 경험한 맛인데 입에 딱 맞는다. 낙엽의 향긋한 향이 감도는 싸늘한 겨울 숲에서 자양을 나눠받은 기분이다. 차가운 샴페인을 마시니, 더욱 복잡한 단맛과 풍미가 생겨났다.

"케이크에도 잘 어울리네요, 샴페인이……. 생각하기에 따라서는 판매방법이 많을 것 같은데요."

쇼노 씨가 감동한 듯이 신음했다.

"실은 안에 덤이 숨어 있답니다. 영국에서는 푸딩에서 은으로 만든 골무를 찾은 사람에게 행운이 찾아온다고 하더군요."

앗코 씨의 선언에 분위기는 한층 무르익었다. 모두 아이들이 보물찾기하듯이 설레며 포크를 움직였다.

"아, 나, 찾았다……. 에이, 호두네."

"나도 꽝. 누구야? 걸린 사람! 골무를 나에게 넘기지 않으면 용서하지 않겠다."

"시간과 수고를 들인 서프라이즈네요. 소중한 것을 배운 것 같아요."

"그런데 서로 토론할 시간이 없네. 벌써 금요일인데."

줄곧 입을 다물고 있던 부장이 냅킨으로 입을 닦으면서 말했다. 분위기가 바짝 긴장됐다.

"사와다 씨의 안은 아직 채용할 수 없겠어. 주류 판매가 금지인 비디오대여점에서 캠페인을 하는 건 효율적이지 않아. 그러나 의외의 장소에서 시음을 하자는 아이디어나 싱글 고객을 겨냥하는 판매 방법은 나쁘지 않군. 이를테면 복합 영화상영관 같은 곳은 어떨까. 크리스마스 개봉 작품이라면 샴페인 장면도 있을 테고. 제휴할 수 있을 것 같아."

"······과연 부장님이십니다."

미치코는 탄식하듯이 중얼거렸다. 역시 이 사람은 프로다. 나는 아직 공부가 필요하다.

"이 크리스마스 푸딩을 먹고 나니, 사와다 씨가 말하는, 남에게 과시하지 않는 행복이란 것을 아주 조금은 알 것 같아."

야마가와 부장은 조용히 말하더니 희미하게 끄덕였다. 평소의 사람 좋게 웃는 얼굴이 아니라, 그저 미치코의 성장을 지켜보는 듯한 사려 깊은 눈을 하고 있었다.

"그리고 이 서비스를 꼭 다시 이용하고 싶네. 임원회의나 중요한 거래협상 같은 것도 이 차를······ 어라?"

깜짝 놀라는 부장의 시선 끝을 보니, 좀 전까지 벽 쪽에서 허리를 곧게 펴고 있던 앗코 씨의 모습이 없었다. 미치코는 엉겁결에 벌떡 일어섰다. 죄송합니다, 바로 돌아오겠습니다, 하고 빠르게 말하고, 당황하는 선배들을 돌아보지도 않고 회의실을 뛰쳐나왔다. 엘리베이터 홀로 뛰어가니, 마침 문이 닫히는 참이었다. 현재 있는 3층에서 아래층으로 깜박이는 램프를 잽싸게 보고 당장 비상계단으로 향했다. 부리나케 뛰어 내려가서 간신히 1층 로비에 이르자, 현관을 나가는 앗코 씨의 뒷모습이 눈에 들어왔다.

"앗코 씨, 기다려요! 제발요!!"

주위 사람들이 돌아보는 것도 아랑곳하지 않고, 미치코는 정신없이 소리를 질렀다. 회사 밖으로 뛰어나가니 더운 바람이 밀려왔다. 햇살에 눈이 부셔서 순간 아무것도 보이지 않았다. 평소 같으면 그대로 몸이 휘청거리며 현기증을 느꼈을 테지만, 미치코의 몸은 바로 바깥 공기에 적응한 것 같았다. 지난 5일 동안, 따뜻한 차를 계속 마신 탓일까. 자세히 보니 국도에 걸친 육교 중간쯤에 앗코 씨 모습이 있었다. 이대로 놓치는 건가. 빠른 걸음으로 계단을 올라갔다. 미치코가 간신히 육교 위에 있을 때, 앗코 씨는 이미 세단을 내려가 반대쪽 보도에 있었다.

"앗코 씨! 앗코 씨!"

육교 위에서 정신없이 불렀다. 이쪽을 올려다보는 앗코 씨는 눈이 부신지 얼굴을 찡그렸다. 몹시 성가셔 하는 것 같았다. 그러나 미치코는 물러서지 않았다. 푸딩에 포크를 찌른 순간 그 존재를 느끼고, 선배들의 눈을 신경 쓰면서 주머니에 몰래 넣어둔 골무를 머리 위로 올렸다. 햇빛에 반사되어 그 작은 것은 강하게 빛났다. 앗코 씨가 희미하게 미소 짓는 것처럼 보였던 것은 기분 탓일까.

"크리스마스 푸딩은 정말 시간이 많이 걸리는 거죠? 적어도 한 달 전부터 미리 준비해서 재워두는 거죠?"

그것은 예전에 아동소설에서 얻은 지식이었다. 이쪽을 올려다보는 포커페이스가 주방에 서서 술에 재워둔 드라이프루츠며 가루를 바쁘게 섞고 있는 모습을 떠올리니, 존경스러운 마음이 끓어올랐다.

"그러니까 앗코 씨는 훨씬 전부터……. 지난 반년 동안 저한테 너무 쌀쌀맞다고 생각했는데, 지난주에 저희 헌책방에서 다시 만난 것도, 훨씬 전부터 저를 멀리서 지켜보고 있다가 걱정돼서 이 회의를 계획해주었던 거죠?"

"내가 아냐. 사사야마 군이야!"

앗코 씨는 높은 곳에서 봐도 알 정도로 크게 콧방귀를 꼈다.

"그 사람, 내가 좋아할 만한 책이 들어올 때마다 영업 메일을 보내지만, 그걸 구실로 언제나 네 일을 상담했어. 너의 건강이나 회사 문제. 세상에서 너를 가장 많이 생각하는 건 그 사람이지 않을까?"

그는 만났을 때부터 미치코에게 강한 의견이나 정열적인 태도를 보인 적이 없었다. 다만 언제나 조용히 웃으며 곁에 있어 주었다. 어느샌가 그것이 답답하게만 느껴졌다. 어쩌면 사생활에서도 미처 보지 못한 것이 많이 있을지 모르겠다.

"몇 번이나 말하지만 나, 너를 위해 일한 거 아냐. 이것도 컨설턴트 업무의 일환이야. 이렇게 얼굴을 알려서 대기업과도 일을 하고, 언젠가는 푸드비지니스 업계의 톱에 설 거야."

변명하듯 말이 많아져서 미치코가 픔하고 웃자, 앗코 씨는 뺨을 빨갛게 하고 노려보았다. 도무지 멋진 어른이 할 언동이라고는 생각할 수 없다. 앗코 씨는 언제나 황당무계하고 꿈을 꾸는 것 같은 말만 한다. 그러나 그건 상상력이 마구 몸에서 넘쳐나기 때문일 것이다. 사람은 상상력에 구원받고 상상력에 돈을 지불한다. 불경기여서 꿈을 꿀 수 없는 시기일수록 예기치 못한 서프라이즈를 간절히 바란다. 그건 틀림없는 사실이다.

"앗코 씨, 다음에는 언제 만날 수 있어요?"

"그런 건 몰라. 나 이제 가야 해. 앞으로 십 분 뒤에 다음 약속이 있어. 아참, 회의실 뒷정리는 우리 회사 젊은 직원이 하고 있을 거야."

사무적인 쌀쌀맞음에 미치코는 화가 나서 귀까지 뜨거워졌다. 일방적으로 도와줘놓고 이쪽이 따르는 걸 허락하지 않는다. 어째서 이 사람은 이렇게도 호의에 응해주지 않는 걸까.

"앗코 씨, 저하고는 친구라고 했잖아요! 친구는 그런 식으로 갑자기 나타났다가 갑자기 사라지거나 하는 거 아니잖아요. 언제라도 만나고 싶을 때 만날 수 없으면 안 되는 거잖아요!"

"그럼 다음에는 네가 나를 만나러 와. 단서를 찾아서. 말해두지만, 메일 따위로 물어봐야 가르쳐주지 않을 거야."

그런 발상을 하지 못했다는 사실에 미치코는 뜨끔했다. 입을 헤 벌리고 그녀가 오기만 기다렸을 뿐, 자기가 만나러 가려는 생각은 한 적이 없었다.

"너, 분명히 좋은 일 있을 거야. 내 감으로는 아주 럭키걸이거든. 일단 골무가 걸렸잖아. 그 골무 말이야, 실은 우리 엄마 유품이야."

그런 소중한 것을, 하고 미치코는 새삼스럽게 골무를 찬찬히 보았다. 희미하게 빛나는 은은 자세히 보니 무수하게 긁힌 흔적들이 세월과 드라마를 느끼게 했다. 앤티크 숍을 찾아가면 여러 가지 알 수도 있을까. 햇빛이 눈부셔서 미치코는 손을 들어 가렸다. 그 짧은 틈에 앗코 씨는 택시를 잡아서 뒷자리에 올라탔다. 미치코가 불러 세울 틈도 없이 문은 소리 내어 닫히고, 그 오렌지빛 택시는 도쿄타워 쪽으로 곧장 달려갔다. 그 끝에는 앗코 씨의 생활이 있을까. 그녀에게도 가족이 있다. 어쩌면 사랑하는 사람도 있을지 모른다. 언젠가 구름과나무의 사장이 말했듯이 미치코처럼 고민하고 상처입은 날들도 분명 있을 것이다. 지금까지 한 번도 상상한 적 없는, 그 미지의 영역을 지금 미치코는 열심히 그려보았다.

좀 전까지 저 앞에 서 있던 앗코 씨의 그림자가 파란 하늘에 하얗게 떠 있는 기분이 들었다.

이정표라면 이 손 안에 있다. 언제라도 힌트는 가까이에 있다. 그걸 깨닫는가 깨닫지 못하는가는 자기가 하기 나름이다. 도쿄는 좁다. 세상은 좁다. 머리와 발을 사용하면, 아니 상상력을 사용하면 분명 앗코 씨를 혼자 힘으로 찾아낼 수 있다. 미치코는 땀에 젖은 손으로 골무를 꼭 쥐었다. 손바닥에 동그란 자국이 진하게 생겼다. 앗코 씨를 찾아서 돌려줄 그날까지, 이 골무는 나의 수호신이다. 이마에 흐르는 땀이 기분 좋게 느껴졌다.

아스팔트에 해가 미친 듯이 반사되어 아주 잠깐 시야가 새하얗게 빛나는 듯한 기분이 들었다. 올여름 가장 더운 날인데 그리 멀지 않은 미래의 눈 덮인 도쿄를 또렷이 떠올린 자신에게 놀라며, 미치코는 한동안 육교 한복판에 우두커니 서 있었다.

멧
돼
지

스
토
커

1

기시와다 도코는 모처럼 반차를 냈는데 인터폰 소리에 깨버렸다. 졸린 눈을 비비면서 매트리스에서 일어났다. 상자 사이를 누비며 비틀비틀 현관으로 향했다. 고베의 오카모토로 이사한 지 6일. 업무인수만으로도 힘들어서 도저히 짐을 풀 여유가 없다. 톤 높은 목소리가 맨션 복도에서 울려왔다.

"기시와다 씨, 실례합니다. 맨션 주민인데요, 쓰레기 버리는 곳까지 좀 와주세요. 문제가 생겼어요."

도어스코프로 내다보니 낯선 여자의 얼굴이 브라이스 인형처럼 옆으로 늘어나 있었다.

"알겠어요. 지금 나갈 테니 기다려주세요."

그렇게 소리치고 거실로 뛰어왔다. 의자에 놔둔 카디건을 어깨에 걸쳤다. 싱크대 위에 있는 안경을 들고 손목에 끼고 있던 검은 고무줄로 머리를 묶었다. 슬리퍼를 신으면서 문을 열자, 지난주까지의 무더위가 거짓말처럼 촉촉한 9월의 냉기가 뺨을 때렸다.

"안녕하세요. 저기, 그런데 쓰레기 버리는 곳이라니요?"

"미안해요, 자고 계셨어요?"

롯코산을 배경으로 놀라울 만큼 마르고, 인형 같이 생긴 젊은 여자가 서 있었다. 금갈색 머리칼은 구불구불 나선을 그리고, 인공적인 긴 속눈썹이 큰 눈을 빽빽하게 둘러싸고 있었다. 벨트로 허리를 꼭 조인 미니 원피스에 커다란 꽃 같은 머리장식, 스와로브스키를 장식한 긴 손톱. '고베 컬렉션◆'에서 튀어나온 듯한 차림으로 보아하니, 이 맨션 1층의 옷가게에서 일하는 한 명인가. 지나갈 때마다 쇼윈도 안을 보면 구분이 안 갈 정도로 꼭 닮은 세 명의 여성 스태프가 언제나 한가하게 재잘재잘 수다를 떨고 있었다.

현관문을 닫고 그녀를 따라 빠른 걸음으로 복도를 지나갔

◆
　일본 최대의 패션 이벤트로 국내외 유명 연예인들이 패션모델로 참여하며,
　아이돌의 축하파티도 열린다

다. 건널목 경보음이 들리는가 싶더니 초콜릿 바처럼 생긴 한 큐전철특급 신카이치행이 바로 옆의 건물과 건물 사이를 쌩 지나갔다.

"오시마 에리카라고 해요. 잘 부탁해요. 올봄에 이 근처 여대를 나왔어요. 집은 바로 저기. 아시야에 있는데요……."

계단에 힐 소리를 울리면서 에리카는 몇 번이나 돌아보며 애교있게 웃었다. 이 좁고 긴 맨션은 1층과 2층이 임대 가게, 3층이 주인 부부, 4층은 임대주택으로 도코의 집만 있다. 다섯 평 남짓한 거실과 주방과 세 개의 방. 넓디넓은 발코니와 이웃한 다른 집이 없다는 것이 마음에 들어서 이곳으로 정했다.

"기시와다 씨는 디자이너라면서요? 쿠키로 유명한 '할스트롬'의. 이 일대에서는 아주 큰 기업이에요. 도쿄의 기획실에 있다가 본사 근무로 오게 된 건 영전인가요? 대단해요. 잘나가는 커리어우먼이시네요. 그 회사의 버터크림케이크, 어릴 때부터 되게 좋아했어요. 대학교 때, 연합 동아리에 들어갔는데, 그곳에서 신세를 졌던 선배도 거기 입사했어요. 아마 회사가 포트아일랜드의 미나미 공원에 있죠? 왜 그 이케아 있는……. 여기서라면 산노미야에서 갈아타고 포트라이너로 다니겠네요? 좋겠다. 해변도 잘 보이고, 날마다 출퇴근이 즐겁겠어요."

125

"어떻게……?"

초면인데 어째서 이렇게 사정을 잘 아는 것일까. 왠지 기분이 나빠서 도코는 카디건 앞섶을 꽉 여몄다.

"아, 주인할머니인 미야지마 씨한테 들었어요. 알아두면 좋을 고상한 독신여성 같으니 친하게 지내라고요. 난 1층 가게에서 일하고 있으니 언제라도 말 걸어주세요."

아치형 천장으로 덮인 공동 우편함 앞을 지나면서, 도코는 혀를 차고 싶은 걸 참았다. 수다스러운 주인 할망구, 이사할 때부터 일일이 탐색하더니. 그런 노부인이 제일 싫다. 갑작스러운 전근이어서 제대로 집을 고를 여유도 없이 치안과 통근과 집구조만 고려해서 바로 결정했는데, 너무 서둘렀던 것 같다.

"도코 씨 같은 안경 미인이라면 여기서 바로 남친 생길 거예요. 아니면 도쿄의 남친과 장거리 연애중인가요? 난 만날 짝사랑만 하고 남친 없이 지낸 지 4년이나 됐어요. 너무하죠……."

"아……."

맨션은 한큐오카모토 역에서 이어지는 돌길인 '오카모토자카'의 내리막에 면해 있다. 롯코산 기슭에 위치하여, 동네 전체가 완만한 경사를 그리는 오카모토는 대학이 세 개나 모여 있는 탓인지 젊은 남녀로 넘친다. 외국 같은 정서가 감도는 거리

멧돼지 스토커

에는 제과점이나 카페, 옷가게가 즐비하여 인기 있는 곳이다. 그러나 잘 생각해보면 젊은이도, 패션 가게도, 도코는 별로 관심이 없다. 무엇보다 무턱대고 누구에게나 친밀한 듯 구는 간사이 지방 특유의 문화에 좀처럼 익숙해지지 않는다.

"이것 좀 보세요. 아침에 왔더니 글쎄 이렇게 돼 있는 거예요. 주인이 이렇게 버렸을 리도 없고, 혹시 도코 씨인가 해서요."

에리카의 긴 손톱이 가리키는 방향을 보고 도코는 비명을 지를 뻔했다. 새벽에 지정된 전봇대 아래에 내놓은 쓰레기봉투의 내용물이 다 쏟아져 있었다. 사람들이 흘끗 흘끗 보면서 역을 향해 걸어갔다. 하필 가장 보이고 싶지 않은 물건……. 몰래 만들던 펠트 공예품이 데굴데굴 나뒹굴며, 돌바닥에 색의 홍수를 이루었다. 경사 탓에 멀리까지 굴러가 있다. 얼른 구부리고 앉아 땅을 기듯이 하며 공예품을 주워모았다.

"우와. 귀엽다. 이거 전부 마카롱이네요. 완전 세련됐네. 이 색감이며 원포인트 비즈 사용이며 센스 죽이네요."

어느새 에리카가 옆에 쭈그리고 앉아 펠트 마카롱 하나하나 찬찬히 보고 있었다. 부끄러워서 얼굴이 화끈 달아올랐다. 누구에게 보일 것도 아닌데, 서른두 살이나 돼서 펠트 마카롱에 손을 댄 자신이 부끄러웠다. 토끼나 곰 인형은 왠지 생각이 깃

든 것 같아 버릴 때 꺼림칙하다고 생각했다.

"왜 버리는 거예요? 이렇게 귀여운데."

"됐어요. 모아놓으면 걸리적거리기만 하고. 자질구레한 작업을 좋아해서 심심풀이삼아 만들어 본 거예요."

"흐음. 그런데 좀 아까워요."

"그건 그렇고 대체 누가 이런 짓을……."

난감해하며 중얼거리자, 에리카가 시원스럽게 말했다.

"아마 베티 짓이 아닐까요?"

"베, 베티?"

"어머, 못 들었어요? 우린 그렇게 불러요. 이 일대에 출몰하는 수컷 멧돼지. 만화 베티 부프◆랑 닮았어요."

"멧돼지? 이 동네에 멧돼지가 나와요?"

너무 놀라서 벌떡 일어나버리는 바람에, 무릎에 모아둔 펠트 마카롱이 쏟아져, 또다시 바닥을 뒹굴었다. 에리카가 근무하는 '카슈카슈'의 쇼윈도에 아침 해가 비치고 있었다. 금발의 마네킹과 액세서리류가 선명하게 드러났다. 옆 가게는 천연효

◆
　Betty Boop. 미국 만화영화 주인공으로 속옷 차림에 온몸의 4분의 1을
　엉덩이와 머리가 차지하는 큰 바위 얼굴의 여성 캐릭터

129

모 베이커리, 이어서 미용실, 편집숍⋯⋯. 이런 동네에 어째서 멧돼지가?

"아, 몰랐어요? 근처 롯코산에 사는 멧돼지가 가끔 내려와요. 예사로 신호 대기를 하고 있을 때도 있어요. 버스정류장에 있을 때도 있고요."

"그, 그래요?"

그녀는 끄덕이며, 쓰레기 버리는 곳의 간판을 가리켰다.

〈멧돼지 주의. 쓰레기를 버릴 때는 뒤를 잘 보세요.〉

그렇게 쓰여 있었다. 첨부된 멧돼지 일러스트는 왠지 속눈썹을 선명하게 그려놓았다. 에리카는 민트색의 펠트 마카롱을 획 집어 들었다. 한복판이 갈라져 솜이 삐져나와 있었다.

"봐요, 이런 데. 물어뜯은 자국이 있잖아요? 멧돼지는 하여간 뭐든 입에 넣고 본다니까요."

"설마! 이거 펠트인데요?"

"멧돼지는 일단 돌이라도 씹고 본다니까요. 잡식성이어서 멸종되지 않고 오늘날까지 살아올 수 있었을 거예요."

외모와는 달리 에리카는 지적인 어조로 주의를 주었다.

"어쨌든 베티는 조심하세요. 롯코산에서 멧돼지가 사람을 덮친 사건, 이번 달에만 벌써 일곱 건이나 돼요."

2

한잔하고 가자는 동료들을 간신히 물리치고, 20시 4분에 출발하는 특급 우메다행 열차를 타는 데 성공했다. 녹색 좌석에 몸을 묻고 지나가는 산노미야의 네온을 바라보았다. 이 지역 사람들 특유의 '리듬'을 따라가지 못해, 혼자가 되어서야 비로소 안도한다.

도쿄의 작은 기획실은 개인주의인 플래너와 디자이너뿐이었다. 송년회와 송별회 이외에 동료가 모이는 일은 일단 없다. 반대로 고베의 기획실은 영업도 총무도 번갈아가며 드나드는 넓디넓은 원 플로어다. 디자이너 자리는 파티션으로 가려져 있지만, 사원들은 볼일이 있으면 예사로 들여다본다. 오늘 오후에도 컴퓨터로 고베의 뉴스 사이트를 보고 있는데 갑자기 뒤에서 소리가 들렸다.

"롯코산 등산객이 멧돼지에게 잇따라 습격을 당했다라. 혹시 기시와다 씨, 등산에 관심 있어요? 산아가씨 뭐 그런 거예요?"

등 뒤에서 나는 태평스러운 목소리에 의자에서 굴러떨어질 뻔했다. 영업부의 인기인 모치, 즉 모치다 계장이 방긋방긋 웃고 있었다. 한큐 백화점에서 점장으로 4년 근무한 그는 하얀 이를 드러내고 웃으면 가늘어지는 눈이 그야말로 간사이 '봉봉◆'이다. 양과자 발상지로 격전 구역인 고베에서 매상 톱을 자랑하고 있다고 하니, 보기와 달리 능력자 같다.

"아뇨, 저기, 오카모토에 살아서요. 멧돼지 피해가 걱정돼서."

"아, 그렇지. 그 동네, 자주 내려오죠. 덴조강에서 새끼 멧돼지가 물놀이하는 걸 몇 번이나 본 적 있어요. 학생 때, 오카모토 여대생들하고 연합 동아리를 했는데요. 또래 아이들과 사귀기도 하고 그랬거든요. 완전 긴장해서 아시야에 있는 '앙리 샤르팡티에'에서 첫 데이트를 했는데. 지금도 오카모토란 말을 들으면 설렙니다. 하하하."

"네에……."

◆
| 간사이 지방 남자의 애칭

멧돼지 스토커

동료의 옛날 여자 얘기 따위 듣고 싶지도 않다. 이쪽의 영혼 없는 대답에도 아랑곳하지 않고 모치는 책상에 기대듯이 서서 모니터의 멧돼지 사진과 도코를 비교했다.

"역시 기시와다 씨는 미인이어서 멧돼지한테도 인기가 많겠는걸요."

뭐라고 대답해야 좋을지 몰라 어색하게 웃었다.

"난 아직 미카게에 있는 부모님 집에 살아요. 이웃 역이죠? 괜찮다면 오늘 밤 주소¬ 부근에서 한잔하지 않을래요? 맛있는 꼬치튀김집 아는데."

드디어 왔구나. 도코는 부드러운 말로 거절을 시도해보았다.

"아뇨…… 금요일 밤은 집에서 느긋하게 보내기로 해서……."

"오, 혹시 '나이트스쿠프' 보려는 건가요? 잘 통하네. 오카베 마리 후임으로 온 새 비서, 정말 귀엽죠."

조금도 물러나지 않고 웃는 얼굴에 초조해졌다. 원래 금요일 밤이라고 하면 '다모리클럽◆' 보는 게 낙이었는데, 간사이 지방

◆
'탐정! 나이트스쿠프'와 '다모리클럽'은 둘 다 아사히에서 만든 TV 쇼프로그램인데, 두 프로의 서로 다른 방송 시간이 간토(도쿄 일대) 지방과 간사이(오사카 일대) 지방의 차이를 상징적으로 나타내는 것 중 하나다. '탐정! 나이트스쿠프'는 간사이에선 인기지만 간토에선 인기가 없다

에서는 같은 시간에 '탐정! 나이트스쿠프'를 방송한다. 이런 차이조차도 지금의 도코는 받아들이기가 힘들었다.

결정적인 말로 거절했을 때의 모치의 축 처지는 눈썹을 떠올리니 조금 마음이 아팠다.

전철은 오카모토역으로 미끄러지듯 들어왔다. 도코는 등을 쭉 펴고 플랫폼에 내려섰다. 이 지방에 좀처럼 익숙해지지 않았지만, 이 역은 마음에 들었다. 나무로 둘러싸인 아담한 역은 어딘지 모르게 유럽 작은 마을의 기차역을 연상시켰다. 개찰구를 나가면 바로 슈퍼와 백엔 숍이 있어서 편리했다.

사실은 한잔 마시고 가고 싶었지만, 오늘은 가게를 개척할 기력이 없었다. 무엇보다 이 일대는 학생이 많은 탓인지, 카페나 이탈리안 레스토랑이나 프랜차이즈 술집뿐으로, 도코가 좋아하는 아담한 술집이 없다.

슈퍼에서 생선회라도 사서 일찍 돌아가자. PiTaPa◆를 자동 개찰구에 대는데, 도쿄생활이 그리워서 미칠 것 같았다. 도쿄 야나카에서 5년을 살았다. 역 앞에서 이어지는 상점가 안에 있는 담쟁이가 휘감긴 낡은 맨션. 일이 일찍 끝난 저녁에는 대

◆
| 오사카 후불 교통카드

중목욕탕에서 시원하게 땀을 씻어내고 꼬치구이집이나 초밥집에서 가볍게 한잔. 돌아오는 길에 반찬가게에서 내일 먹을 도시락 반찬을 사고, 가벼운 걸음으로 집에 돌아왔다. 단골가게 주인들의 얼굴을 떠올리니 더 그립다. 도코가 가는 시간대와 주문하는 메뉴가 거의 정해져 있어도 절대 끼어들지 않았다. 도코가 좋아하는 반찬을 조용히 늘어놓고, 먼저 말을 걸기 전까지 내버려두었다. 도쿄 변두리만의 담백한, 그러면서 섬세한 배려를 좋아했다…….

슈퍼의 자동문이 열리고 도코는 문득 시선을 느꼈다. 누군가가 보고 있다. 주위를 두리번두리번 둘러보았다. 샐러리맨이나 학생들이 개찰구에서 쏟아져 나올 뿐, 딱히 이변은 없었다. 그러나 뒤를 돌아보고 도코는 비명을 삼켰다.

좁은 길을 사이에 두고 서 있는 3층짜리 벽돌 건물 커피숍. 그 입구 부근에 높이 1미터 정도 되는 멧돼지가 우두커니 있었다. 너무나 조용하게 마치 장식물처럼 얌전하게 있어서인지 지나가는 사람들도 돌아보지 않았다. 순간 환각인가 하고 눈을 비볐다. 멧돼지는 고요한 눈으로 이쪽을 보고 있었다.

저 녀석이 베티……. 베티 부프의 글래머러스한 몸매와 애교 섞인 얼굴과, 눈앞의 짐승은 무엇 하나 겹치지 않는다. 온몸을 덮은 갈색 털, 쫑긋 선 귀, 완만하게 부풀어 오른 등, 쭉 뻗은 좁고 긴 얼굴 끝에는 스탬프처럼 납작한 코. 〈월령공주〉의 '오코토누시멧돼지 신'를 소형화한 듯한, 야생의 위엄과 거친 분위기가 감돌았다. 태어나서 처음으로 가까이에서 보는 멧돼지 모습에 도코는 살짝 감동하기까지 했다. 하지만 서로 바라보고 있을 때가 아니다. 베티의 박력에 눌려, 장을 볼 마음도 잃었다. 뒤로 돌아 시침 뚝 뗀 얼굴로 걸어갔다. 내심 달달 떨면서 터벅터벅 언덕을 내려갔다. 주뼛거리며 돌아보니, 10미터 정도 뒤에 베티가 느릿한 걸음으로 따라오고 있었다. 뒤를 신경 쓰면서 도코가 걸음을 멈추자, 베티도 멈추었다. 걷기 시작하니 또 따라걸었다.

"우와. 저거 베티 아냐?"

긴 원피스 교복에 손가방을 든 여고생 두 명이 바로 옆에서 꺄악꺄악거렸다.

"사진 찍자, 사진. 베티를 휴대전화 대기화면으로 하면 사랑이 이루어진다는 썰이 있잖아."

"진짜? 같이 찍고 싶다."

어쩐지 저 멧돼지는 이 일대에서 좀 인기가 많은 것 같다……. 감탄하고 있을 때가 아니다. 도코는 한층 걸음을 빨리

멧돼지 스토커

했다. 그러자 베티가 꾸르르 하고 소리를 냈다. 탁하고 발굽을 굴리는가 싶더니, 갑자기 이쪽을 향해 달려왔다. 어떻게 해야 좋을지 몰라, 도코는 부리나케 뛰었다. 어째서, 어째서……. 공포스러운 나머지 냉정한 판단을 할 수 없었다. 그저 땅을 차고 달리며 두 번 세 번 뒤를 돌아보았다. 베티가 점점 가까이 오는 것이 느껴졌다. 문자 그대로 멧돼지 돌진. 지나가는 사람들은 놀란 듯이 돌아보기만 할 뿐, 전혀 도와주지 않았다. 무아지경으로 맨션 앞을 지나가던 그때였다.

"도코 씨! 여기로 와요, 여기!"

카슈카슈 정면의 유리문이 반쯤 열리고 에리카와 두 여자가 크게 손짓을 했다. 도코는 부랴부랴 달려가서 그녀들의 손에 이끌려 가게 안으로 뛰어들었다. 베티가 쫓아온 것과 가게 문이 닫힌 것은 거의 동시였다. 퍽 하는 강한 소리가 나고 갈색의 몸이 세게 부딪혔다. 납작한 코가 유리에 뭉개져 옆으로 퍼졌다. 부부부부부 하는 분노의 소리를 내며 베티는 지지 않겠다는 듯이 몸을 날려 부딪쳤다. 부딪칠 때마다 쇼윈도 전체가 흔들리고 여자들은 이를 악물고 온몸으로 문을 밀었다. 몇 번 공격을 시도한 뒤, 그제야 포기한 베티는 가게를 떠났다. 다행이라며 아가씨 한 명이 재빨리 문을 잠갔다. 베티는 거리 반대

편으로 느릿느릿 이동하며 분한 듯이 이쪽을 노려보았다. 유리문에는 멧돼지 콧자국이 선명하게 남아 있었다.

"아, 다행이다. 다친 데 없어요? 베티가 갈 때까지 여기서 좀 쉬어요."

에리카는 도코의 어깨를 감싸면서 케이티 페리가 흐르는 가게 안으로 데리고 갔다. 숨을 고른 뒤, 새삼 주위를 둘러보았다. 코코넛 계통의 달콤한 향으로 가득해서 숨이 막힐 것 같았다. 스와로브스키의 샹들리에에 핑크 벽, 모조 다이아몬드 오브제. 복잡하고 통일성이 없는 인테리어였다. 아무렇게나 놓인 몇 개의 바구니에는 팬티 같아 보이는 물건이 둥글게 말려 던져져 있다. 조립해서 붙인 선반에는 마네킹 머리를 줄줄이 널어놓고 화려한 머리장식을 꽂아놓았다.

권하는 대로 고양이 발 소파에 앉았다. 정면의 낮은 테이블에는 마카롱과 마들렌 등이 담긴 과자접시가 있었다. 옆에 앉은 에리카가 강한 어조로 말했다.

"안 돼요, 뛰어서 도망치면. 멧돼지를 만나면 절대로 뛰면 안 돼요."

"그, 그래요? 몰랐어요. 조심할게요."

열 살이나 어린 여자가 나무라도 도코는 순순히 끄덕일 수

멧돼지 스토커

밖에 없었다.

"도망치면 흥분해서 더 쫓아와요. 멧돼지는 엄청 겁쟁이에다 의심이 많아서요. 등을 보여도, 안 보여도 싫어해요."

"어머나……."

"요전의 펠트 공예품으로 냄새를 익힌 것 아닐까요. 멧돼지는 후각이 예민하거든요. 도코 씨 냄새가 마음에 들었나 봐요"

그럴 수도 있는 건가. 도코는 엉겁결에 손목의 냄새를 킁킁 맡아보았다. 원래 신진대사가 나빠서 땀도 흘리지 않는다. 체취는 별로 나지 않는 편이다. 향수를 뿌리는 것도 좋아하지 않는다. 다른 아가씨가 화사한 찻잔을 가져다 주었다.

"고마워요. 잘 마실게요."

목으로 미끄러져 내려가는 장미향 차는 의외로 뜨듯하고 향이 좋았다. 그제야 마음이 안정되었지만, 시선을 거리로 보내니 베티가 멈춰 서서 눈을 반짝거리고 있다. 한동안은 이곳에 있을 수밖에 없을 것 같았다.

"나는 가와무라 마리에라고 해요. 도코 씨, 힘들었죠"

차를 가지고 온 여자가 동정하듯이 말했다. 에리카와 거의 비슷한 머리스타일과 화장이었지만, 약간 통통하고 어려 보이는 인상이었다.

"나는 엔도 아미예요. 여기 디자인을 담당하고 있어요."

역시 비슷한 차림새의 또 다른 여자가 밝게 웃었다. 이 사람이

키가 제일 크다.

"도코 씨는 할스트롬의 디자이너라면서요? 과자에도 디자

이너가 있군요."

"아뇨, 내가 담당하는 건 포장지나 판촉물이나 가게 인테리

어나……."

"와우, 정말 대단해요! 여러 가지 많이 배우고 싶어요. 난 디

자인 같은 것 제대로 공부한 적이 없어서 너무 불안해요."

그렇게 말하며 옆에서 끼어든 마리에가 친한 척 손을 잡는

바람에 얼마 남지 않은 에너지가 단숨에 빨려나갔다.

"어, 저기……. 이 가게는 대체 뭘 전문으로 다루는 거예요?"

세 사람은 얼굴을 마주보고 쿡쿡 웃었다. 아미가 의기양양

하게 입을 열었다.

"어머. 보면 모르세요? 우리는 슈슈 전문점이에요."

"슈슈……."

머리칼을 묶을 때 사용하는, 천으로 싸인 고무줄을 말하는

건가.

"아는 재봉사에게 부탁해서 한 개 한 개 손수 만들어 팔고

있어요. 뉴욕에서 사온 것도 진열해놓았고요. 보세요, 우리 머리에 꽂고 있는 것, 파는 거예요."

에리카는 그렇게 말하자마자 머리에 장식한 꽃을 빼서 보여주었다. 당연히 코사주라고 생각했는데 큼직한 슈슈를 8자로 구부려서 바레트◆로 고정한 것 같았다. 호오, 이렇게 꽂는 법도 있구나, 살짝 감탄했다.

가게 안을 둘러보았다. 바구니에 던져놓은 팬티 모양의 것도 마네킹의 머리장식도, 자세히 보니 모두 슈슈였다. 그러나 신선함은 없었다. 소재가 새틴이거나 스와로브스키가 박혀 있는 등 약간 신경 쓴 건 느껴졌지만, 산노미야 근처에 가면 쉽게 볼 수 있는 것들이다. 무심코 한 개를 들었다가 눈을 의심했다. 세상에, 가격표에 '1만 2천 엔'이라고 적혀 있는 게 아닌가. 고무를 천으로 감아놓았을 뿐인 머리장식이 1만 2천 엔? 아미가 신나서 설명했다.

"이 가게, 여대에 다닐 때부터 생각했던 아이디어예요. 슈슈전문점 같은 건 없을 것 같잖아요? 그래서 졸업하면 꼭 오카모토에 가게를 내자, 하고 셋이 계획을 짰답니다."

◆
| 금속으로 만든 머리핀

"엥? 잠깐만. 모두 아르바이트 아니었어요?"

"셋 다 공동 경영자예요. 일단 대표는 에리카지만."

마리에의 말에 귀를 의심하며 도코는 눈앞의 여자아이들을 찬찬히 보았다. 대학을 갓 나온 어린 친구들이 이 땅값 비싼 동네의 가게 주인?

에리카가 가슴을 폈다.

"이 근처는 이런 가게 많아요. 젊을 때 오카모토나 아시야에 가게를 내는 건 고베 여성들의 꿈이죠. 부모나 남편이 스폰서 인 셀럽 여성이 점장인 가게. 아하하, 셀럽이래! 우린 그 정도 는 아니지만."

"웃기시네. 에리카 아빠는 슈퍼마켓 사장님, 마리에 아빠는 아시야의 큰 병원 원장님. 초셀럽이래요."

"아미 아빠야말로 롯코에서는 유명한 대지주잖아! 옛날에 〈화려한 일족〉 촬영 때, 얘네 집 마당에서 찍었대요."

하고 마리에가 쿡쿡 웃자, 에리카가 크게 끄덕였다.

"이래봬도 우리 '멋쟁이 프로듀서'라고 해서 얼마 전에 잡지 에도 나온 적 있어요. 최근에는 손님이 전~혀 오지 않지만. 그 러나 마리에와도 아미와도 얘기하곤 하지만, 돈은 그렇게 많 이 벌지 않더라도 좋아하는 것에 둘러싸여 빛을 발하는 것이 역시 가장 행복하지 않을까요? 망한다 해도 그건 그때."

재잘거리는 그녀들을 보며 도코는 슬슬 기분이 나빠졌다. 절대 질투 같은 게 아니다. 디자이너로서 오랜 세월, 백화점 양과자 판매장에 매장 만들기를 해왔다. 현장 스태프의 어려움, 점장직의 고충은 익히 보고 들어왔다. 조금이라도 그들에게 도움이 되고자, 판촉물과 포장은 시선을 끄는 것, 그러면서 상큼하고 세련된 디자인을 하도록 마음을 써왔다. 물건을 판다는 것은 그런 것이다. 상품, 접객, 진열. 어느 하나 부족해도 안된다. 그런데 아무 생각도 없는 듯한 어린 아가씨들이 부모에게 장난감 사달라고 하듯이 가게를 손에 넣었다. 하다가 질리거나 잘 되지 않으면 간단히 집어치운다. 뭔가 잘못된 거 아닌가, 그런 생각을 한 순간 가시 돋친 목소리가 나왔다.

"미안하지만, 이 가게가 슈슈 가게인지 지금 처음 알았어요."

에리카네가 입을 다물었다.

"먼저 쇼윈도 진열이 엉망진창. 앞을 지나가기만 해도 슈슈 가게란 걸 한눈에 알 수 있도록 해야죠. 이를테면 아크릴 케이스를 쌓아놓고 과자처럼 슈슈를 진열한다거나. 양과자의 고장인 고베에 살고 있으니, 모토마치 근처의 케이크점 진열장 보며 연구 좀 해요. 그리고 가게 안의 디스플레이도 최악. 이런 식으로 바구니에 둘둘 뭉쳐 던져놓다니 말도 안 돼요. 상품에 대한 애정이 너무 없어요. 무엇보다 1만 2천 엔이라니. 재봉은 어디에다 부탁한 거예요? 수제라고 하기에는 봉제가 너무 허접하잖아요? 뉴욕에서 사들일 여유가 있으면 오사카 미나미 부근에서 싸고 잘하는 업자를 찾아봐요. 대체 누가 머리장식에다 1만 엔 이상이나 돈을 들이겠어요. 가능한 한 3,000엔 정도로 해요. 요 앞으로 지나갈 때 몇 번 봤지만, 손님 대하는 태도도 잘못됐더라고요. 손님은 뒷전이고 스태프끼리 붙어서 재잘재잘, 그거 최악이에요. 먼저 어서오세요,잖아요. 색다르게 슈슈 다는 법을 알고 있으니 거울과 의자와 브러시를 준비해서 손님에게 스타일링도 해주고 활용법도 가르쳐주는 정도의 서비스는 하세요.”

단숨에 말을 마치고 소파에 털썩 앉았다. 식어가는 홍차를 단숨에 비우고 숨을 토했다. 하고 싶은 말이 있으면 해, 하는 자포자기 심정으로 얼굴을 들자, 에리카, 마리에, 아키가 뜨겁게 이쪽을 보고 있었다.

“감사합니다!”

“어, 뭐가요?”

갑자기 에리카가 손을 잡아서 도코는 놀랐다. 마리에, 아미

도 몸을 앞으로 내밀었다.

"그런 의견, 내내 기다렸어요. 우리는 온실 속에서만 자라 아르바이트도 한 적 없고, 그런 걸 전혀 몰라서…… 솔직히 고민이 많았어요."

짜증나도록 진지한 눈길에 빙 둘러싸여 버렸다.

"지금 한 얘기, 한 번 더 해주시면 안 돼요? 메모해두겠습니다!"

"도코 씨, 아니, 선배님. 마리에에게도 많은 충고 부탁합니다!"

하나같이 상기된 얼굴에 들뜬 목소리였다. 뭔가 일이 귀찮게 되었다. 쇼윈도 너머로 거리를 보니 어느새 베티는 사라졌다.

3

이곳의 브랜드 커피는 도쿄 진보초의 커피숍 '브라질'의 것과 맛이 비슷하다.

도코는 컵을 코끝에 갖다 대고 눈을 감고 깊이 아로마를 들이마셨다. 조용히 흐르는 재즈, 마호가니로 통일된 어두침침한 가게, 도코가 앉아 있는 카운터 너머에는 백발의 마스터가 과묵한 자세로 밀을 돌리고 있다. 유리창 너머로는 거리가 잘 보이고, 부드러운 햇살이 기분 좋았다. 떠들썩한 젊은 여자아이들의 모습은 없고, 순수하게 커피를 즐기러 온 듯한 노인 세 명이 각자의 자리에서 신문에 얼굴을 묻고 있는 모습도 좋다.

아, 마음이 차분해진다……. 오카모토사카에서 주택가로 한 걸음 들어온 곳에 있는 커피숍 '8번관'을 발견하여 정말로 다행이다. 도서관에서 돌아오는 길에는 꼭 이곳에 들르기로 하자.

멧돼지에게 쫓기고, 에리카 일행의 환대를 받느라 어제는 엉망이었다.

소가죽 토트백에서 감색 북커버를 입힌 히라마쓰 요코의 문고책을 꺼냈다. 담담하면서도 감칠맛이 나는 문체와 쪼르륵하는 커피 드립 소리를 느긋하게 즐겼다. 그 아이들이 만나자는 걸 거절한 건 정답이었다.

'안녕하세요. 어제 선배님에게 들은 조언대로 당장 가게 디스플레이를 바꾸려고 한답니다! 오늘 오사카에 쇼핑하러 가는데 같이 가주실 수 없을까요? 에리카의 동아리 선배가 태워다준대요.'

뻔뻔스러운 것도 정도가 있다. 토요일 아침 단잠을 방해한 아미의 메일을 떠올리자, 짜증이 났다. 연락처를 가르쳐준 내게도 화가 났다. 어째서 그 아이들은 아니, 최근 알게 된 인간들은 자신의 요구를 그리 당당하게 들이대는 걸까. 이쪽 상황따위 아랑곳하지 않고, 쑥쑥 밀고 들어오는 모습은 그야말로 멧돼지 그 자체다. 그대로 돌진할 기세다.

"아, 멧돼지!"

움찔 놀라서 얼굴을 드니 바로 앞에 있던 마스터가 입을 떡 벌리고는 놀란 얼굴로 도코의 대각선 뒤를 보고 있었다. 돌아보니 유리창 너머로 또 베티의 모습이 있었다. 납작한 코를 유리에 비비며 동그란 눈동자로 이쪽을 보고 있었다.

"아아……."

도코는 힘없이 어깨를 떨어뜨리고 문고책으로 얼굴을 가렸다. 그대로 머리를 감싸고 싶어졌다.

"아, 깜짝이야. 최근에는 잘 안 보인다 싶었더니……. 잘도 여기까지 내려왔네."

어느새 따로따로 앉아 있던 노인들이 카운터 석으로 우르르 모여들었다.

"어릴 때는 곧잘 어미 멧돼지가 새끼 멧돼지 데리고 저벅저벅 내려왔었지. 도시락 남은 걸 주면 먹이 주지 말라고 어머니한테 혼났는데."

"네……."

의외로 시끌벅적한 그들에게 당황하며 모호하게 끄덕였다. 갑자기 마스터가 몸을 앞으로 내밀며 도코의 얼굴을 빤히 보았다.

"혹시 당신 미야지마 씨네 이사 온 디자이너? 기시와다 도코 씨?"

아니다,라고도 못하고 마지못해 끄덕였다. 이 동네의 소문 퍼지는 법은 이상하다. 진심으로 이사를, 아니 야반도주를 생각해야 할지도 모르겠다.

"아, 역시 그렇구나. 미야지마 씨가 그러더라고요. 멧돼지가 좋아하는 아가씨가 있다고. 1층 가게 아가씨들하고도 이제 친해졌다던데. 베티 덕분에."

"베티 덕분?"

"예. 베티는 남 돌보길 좋아해서 외톨이인 사람을 잘 따른대요."

점장은 얼굴이 환해지며 사람 좋아 보이는 미소를 지었다. 다시 평온한 공기가 불어오고, 가게 안은 금세 화기애애한 분위기로 감싸였다.

"이야, 베티에게 사랑받다니 이사하자마자 운수 대통이네요. 롯코산 수호신의 가호."

"누가 따라다니는 것도 오랜만이잖우?"

"고베는 어때요? 좀 익숙해졌나? 난 저기 책방 주인인데, 그러고 보니 아가씨 얼굴 본 적 있는 것 같네."

노인들이 한꺼번에 말을 걸어오자, 당황한 도코는 벌떡 일어나 계산서를 집어들었다. 지갑에서 1,000엔을 꺼내 마스터에게 건넸다.

"죄송합니다, 좀 볼일이 있어서요. 잘 마셨습니다."

"그래요? 아쉽네요. 또 와서 천천히 얘기 나눠요."

마스터가 유감스럽다는 듯이 말하고 500엔짜리 동전을 내밀었다.

"자! 거스름돈 500엔!!"

"……."

밖에는 베티가 대기하고 있어서 무서웠지만, 더는 말을 걸어오는 것도 싫었다. 어쩔 수 없다. 노인들의 아쉬워하는 시선을 등지고 서둘러 나왔다. 이제 이 가게에는 올 수 없다. 크게 숨을 들이마시고 손잡이를 돌리자, 딸랑딸랑 하는 종소리가 울렸다. 베티의 갈색 눈동자가 이쪽을 올려다보았다.

"뭐야. 뭘 하고 싶은 거야?"

손을 뒤로 하여 문을 닫고, 도코는 큰맘 먹고 허리를 구부렸다. 베티 코끝에 얼굴을 갖다 대고, 최대한 무서운 얼굴을 지어 보였다.

"내 시간을 방해하지 마. 내버려 둬. 혼자 조용히 보내고 싶다고."

베티가 킁킁 콧소리를 냈다. 으름덩굴 같은 풋내와 짐승 특유의 악취가 풍겨서 도코는 과장스럽게 양손으로 코를 막았다.

"따라다녀 봐야 아무것도 안 나와. 그 탐욕스러운 시선, 너무 싫어! 얼른 산으로 돌아가!"

발길을 돌리고 빠른 걸음으로 걸어갔다. "등을 보이지 말아요"라는 에리카의 말을 떠올렸지만, 알게 뭐야, 하고 입술을 악물고 오카모토자카로 나왔다. 뒤를 확인하니 아니나 다를까, 베티가 터벅터벅 걸어오고 있었다. 참을 수 없을 정도의 분노를 느끼고, '다이한 서점' 앞에서 방향을 획 바꾸었다. 사실은 '프로인도'에서 식빵을 살 생각이었지만, 곧장 돌아가야 할 것 같았다.

토요일이어서 거리에는 젊은 여자들이 평소보다 많았다. 갈색 머리, 흔들리는 액세서리, 톤 높은 수다에 힐 소리. 눈도 귀도 시끄러워서 도코는 점점 짜증이 났다. 나쁜 예감은 적중하여 꺄악 하고 외치는 소리가 등을 쫓아왔다.

"우와, 저 멧돼지 베티지?"

"빨리 사진 찍자. 어머, 자세히 보니 진짜 속눈썹 기네."

"귀여워라. 대기화면으로 쓰자. 대기화면."

베티가 따라다니는 한, 도코에게 조용한 시간은 찾아오지 않을지 모른다. 입술을 깨물며 자신을 저주했다.

"아, 도코 씨!"

또 귀에 익은 목소리가 나서 혀를 찼다. 맨션 앞에 벤츠 왜건이 서 있고, 에리카, 마리에, 아미 세 사람이 뒷좌석에서 아크릴판을 내리고 있는 참이었다.

"볼일 끝났어요? 마침 잘됐다. 오사카에서 막 돌아오는 참이에요. 바로 디스플레이 해보려는데 의견 좀 들려주지 않을래요?"

에리카의 말과 함께 눈 깜짝할 사이에 세 사람이 둘러싸서 카슈카슈 입구로 밀려났다.

"아, 모치다 선배! 도코 씨 왔어요."

쇼윈도에서 일하고 있는 티셔츠 차림의 키가 큰 남자를 보고 도코는 놀랐다. 세상에, 모치의 가느다란 눈이 기쁜 듯이 웃고 있는 게 아닌가.

"역시 기시와다 씨였군요."

입도 벌리지 못하고 있는데 에리카가 두 사람 사이에 끼어들었다.

"어제 잠깐 얘기 했었죠? 모치다 씨는 동아리 OB예요. 가게 낼 때부터 여러 가지로 많이 신세를 지고 있어요. 할스트롬이라고 해서, 혹시 아는 사이 아닐까 하고 불러봤어요."

"고베 여자의 네트워크, 대단하죠? 거의 모든 사람과 연결되어 있어요."

마리에가 자신의 수훈처럼 자랑스럽게 말했다.

"신사이바시에 생긴 도쿄 포토푀&스무디 오사카 점에서 점심 사왔어요. 줄이 엄청나게 길더라고요. 차 준비할 테니 도코 씨도 같이 어떠세요?"

도쿄 포토푀&스무디의 줄? 아미의 이야기를 듣고 도코는 흥, 하고 콧방귀를 꼈다. 도쿄에서는 몇 개의 점포가 생겨서 이제 줄은 옛말이다. 슈트를 벗은 모치는 의외로 체격이 건장해서 시선 둘 데가 없었다.

"역시 기시와다 씨였구나. 평일에는 열심히 일하고, 휴일에는 어린 애들 가게의 프로듀서를 하다니. 너희들도 좀 본받아라, 이것들아."

네엡, 하고 에리카가 어깨를 움츠리며 아양 부리듯이 웃었다. 사이 좋아 보이는 두 사람을 보니 기분이 씁쓸해졌다. 젊은 남녀의 즐거운 모습이 눈 부셔서 자신은 마치 늙은 시궁쥐처럼 느껴졌다. 갑자기 마리에가 도코의 뒤를 가리켰다.

"아, 베티다!"

돌아보니 어느새 또 베티가 가게 안에 들어와 있었다. 문이 열려서 시원한 바람이 들어왔다. 베티는 쿵쿵 코를 쿵쿵거리며 주변을 돌아다녔다. 더는 참을 수 없었다.

"적당히 좀 해! 나가!"

도코는 베티에게 다가가 협박하듯이 두 팔을 흔들었다. 베티도 지지 않고 도코를 똑바로 올려다보며 낮은 소리를 울렸다. 에리카가 소리쳤다.

"안 돼요! 멧돼지를 도발하면 큰일 나요."

쓸데없는 친절이다. 베티가 돌진해왔지만, 도코는 얼른 몸을 피했다. 역시 갑작스러운 일에 비틀거리다 엉덩방아를 찧고 말았다. 헛방을 친 베티가 뒤쪽 선반에 부딪혀, 디스플레이한 바구니가 우당탕 떨어졌다. 내용물인 슈슈는 공중에서 춤을 추며 색색의 비가 되어 도코와 베티 위로 떨어졌다.

"괘, 괜찮으세요?"

걱정스러운 듯이 손을 내미는 에리카가 죽을힘을 다해 웃음을 참고 있음을 알았다. 황급히 달려온 모치와 마리에도 마찬가지였다. 옆에 있는 베티는 꿀꿀 소리를 내며 얼굴과 몸에 달라붙은 슈슈와 격투를 하고 있었다. 창피해서 목덜미가 뜨거워졌다. 엉덩이도 욱신욱신 아팠다. 에리카의 손을 내치고 혼자 힘으로 일어섰다. 몸에서 슈슈가 몇 개 떨어졌다.

"기시와다 씨는 여자아이들뿐만 아니라 멧돼지한테도 인기
네요."

모치의 익살스러운 한마디에 까르르르 웃음이 터졌다. 이
상황에서 뭘 냉정하게 웃음으로 수습하겠는가. 도코는 최대한
의 원망을 담아 그 태평스러운 얼굴을 노려보았다. 웃음거리
가 되는 것만큼은 용서할 수 없다.

발굽 소리에 정신을 차렸다. 문을 향해 가는 베티를 보고 모
두 악 하고 소리를 질렀다. 웬걸, 베티는 슈슈 두 개를 몸에 걸
치고 있었다. 코끝에 주름이 잔뜩 들어간 핑크 슈슈, 앞발에는
민트 바탕의 검은 땡땡이 슈슈. 둘 다 사람이 그런 것처럼 푹
끼워져 있어서 쉽게 떨쳐내질 못한 것 같았다. 거리로 나간 베
티는 이쪽을 한번 돌아보더니 무시하듯이 콧방귀를 꼈다. 어
두운 색 몸에 파스텔컬러가 잘 어울려서 세련되어 보이기까지
했다.

"자, 잠깐, 기다려. 이 도둑놈아."

"슈슈 주고 가!"

아미와 마리에가 황급히 가게를 뛰쳐나갔다. 보행자로 넘치
는 대로를 베티는 놀라운 민첩함으로 달려갔다. 아미와 마리
에가 굴러가듯이 뒤를 쫓았다. 남은 세 사람은 어질러진 가게

안에 우두커니 있었다.

"이게 뭐야······."

도코는 쥐어짜는 듯한 목소리로 신음했다. 두 사람의 시선을 느꼈지만, 이제 아무래도 좋다.

"모처럼의 휴일인데 어째서 이렇게 엉망진창이 된 거야."

놀랍게도 눈가가 뜨거워졌다. 떠올리고 싶지도 않은 몇몇 과거가 머리를 스치며, 이대로 웅크리고 싶어졌다. 이래서야 옛날과 다를 게 없다. 20대 초반의 주말과 똑같다. 디자이너로서 할스트롬에 전직하기 전의 이야기다.

모든 것이 불안했던 그 시기, 누구에게도 미움을 사고 싶지 않았다. 화려하고 사교적인 선배사원들이 이끄는 대로 사회인 모임에 가입했다. 주말마다 열리는 바비큐 파티에 미팅에 캠핑에 홈파티. 어느 것 하나 즐거운 추억이 없다. 사람들 눈치를 살피고 왕따가 되지 않으려고 노심초사하고, 잠시도 편히 쉴 수가 없었다. 그중 한 사람과 관계를 가졌다. 질질 관계가 이어지고, 그가 기혼자란 게 판명됐을 무렵에는 방에서 혼자 전화를 기다리는 데 익숙해져 있었다. 한참 후에야 두 사람의 관계가 모임 내에서 씹기 좋은 안줏거리가 되었음을 알았다. 그런 날들로 두 번 다시 돌아가고 싶지 않다. 자신의 영역만큼은 지켜야 한다.

"이제 나한테 상관하지 말아요. 이런 가게 어떻게 되든 나하고 상관없는 일이고. 당신들한테 잘해줘야 할 아무런 의리도 없으니까."

차갑게 내뱉고 에리카와 모치에게 시선도 보내지 않고 가게를 나왔다. 언덕 아래에 사람들이 모여 있었다. 어쩐지 아미와 마리에가 베티와 격투를 하는 것 같았지만, 등을 돌리고 맨션으로 들어가버렸다.

4

바늘에 실이 잘 끼워지지 않는다.

10분 이상 진도를 나아가지 못하고 있다. 네 개째의 마카롱 봉제를 포기하고, 도코는 목 뒤로 손깍지를 끼고 머리를 맡겼다. 아직 더러워지지 않은 새하얀 천장.

책상에 앉아 땀땀이 바느질을 하고 있으면 무아지경이 된다. 마음이 평온해진다. 펠트에 바늘을 쿡 찌를 때의 느낌도 좋았다. 4년 전에 뜬금없이 시작한 뒤, 매일 밤 습관이 되었다. 펠트로 마카롱 하나를 완성하면, 마치 안개가 걷히듯이 고민 덩어리가 사라졌다. 그런데 오늘 밤에는 왜 효과가 없는 걸까.

몇 번 고민한 끝에 도코는 벌떡 일어났다. 짐정리를 단숨에 진행한 덕분에 어디에 무엇이 있는지 파악하게 되었다. 옷장에서 스카프를 꺼내, 펠트 마카롱 세 개를 싸서 카디건을 걸쳤다. 현관문을 열자 쌀쌀했다.

오카모토의 밤은 이르다. 다 퇴근한 거 아닐까 했는데, 카슈카슈에 아직 불이 켜져 있었다.

"버릴 거라면 달라고 해서."

'CLOSED' 팻말이 걸린 유리문이 안쪽에서 열려, 퉁명스럽게 말했다. 에리카는 빗자루를 들고 당혹스러운 듯이 스카프 꾸러미를 보았다.

"다른 사람은? 집에 안 가?"

"디스플레이해보고 싶은 게 있어서……."

"좀 들어가도 돼?"

대답도 기다리지 않고 꾸러미를 떠맡기고 가게 안으로 들어갔다. 등 뒤에서 에리카가 문을 조용히 닫았다. 짧은 시간에 가게 인상이 백팔십도 바뀌었다. 아크릴 장식 선반에 슈슈를 샘플처럼 디스플레이해놓았다. 안쪽 벽에는 동그란 거울이 네 개 나란히 있고, 그 앞에는 각각 의자가 준비되어 있었다. 쇼윈도의 마네킹 손발에는 슈슈가 빈틈없이 채워져 있어서 멀리서 보면 컬러풀한 레그워머와 팔 토시를 하고 있는 것 같았다. 색의 균형도 엉터리고 좀 촌스럽긴 했지만, 지나가는 사람들의

멧돼지 스토커

시선은 끌 것이다.

"흐음. 괜찮네. 혼자 했어?"

물어보자, 에리카가 긴 속눈썹을 내리떴다.

"옛날에 화제가 됐던 레이디가가의 붕대 드레스를 표현해 봤어요. 도코 씨의 의견 그대로여서 좀 창피해요."

그녀는 스카프 꾸러미를 풀고 안을 들여다보았다.

"혼자 한 거 아니고요. 아미하고 마리에하고 모치다 선배 덕분에. 애초에 이 가게도 부모님이 사준 것이고……. 결국은 애들 장난 같은 건지도 모르겠어요."

도코가 무슨 말인가 하려는 것을 에리카가 막았다.

"대단하세요……. 도코 씨는 멋지게 자립해서 혼자만의 시간도 보낼 수 있는 어른이잖아요. 처음 만났을 때, 깜짝 놀랐어요. 완전 모치다 선배가 좋아하는 타입이어서 부러웠어요."

"엥, 뭐야, 그게. 잠깐만."

예상도 하지 못한 말에 동요했다. 그런 에리카의 시선이 자신을 통과하여 바로 뒤에 못 박혀 있다는 것을 깨달았다. 재빨리 돌아보니 베티가 쇼윈도 너머로 이쪽을 보고 있었다. 코와 앞발에 걸린 슈슈는 낮에 그대로였다. 마리에네는 결국 탈환에 실패한 것이다. 동그란 눈을 교활하게 반짝거리며 발굽으로 유리를 닦고 있다. 촉촉한 코가 납작하게 달라붙었다.

"진짜 화가 나서 못 참겠네!"

"도코 씨?"

마네킹 팔에서 슈슈를 하나 뽑아, 머리를 둘둘 말아 올렸다. 그리고 에리카의 가는 손목을 휙 잡고 힘차게 문을 열었다. 베티가 조금 겁먹은 듯이 물러나며 슈슈슈 하고 신음소리를 냈다.

"안 돼요. 멧돼지를 위협하면……. 물려도 몰라요!"

"아무래도 좋아! 슈슈를 찾을 거야. 더는 베티 마음대로 하게 둘 수 없어!"

도코는 오른쪽 발을 뒤로 빼고 허리를 구부린 채 두 팔을 벌리고 대결 포즈를 취했다. 옆에 있던 에리코도 결심을 굳힌 듯이 빗자루를 휘둘렀다. 두 사람의 박력에 두려움을 느꼈는지, 베티는 화가 난 듯이 발굽으로 땅을 긁기 시작했다. 도코와 에리카는 슬금슬금 거리를 좁혀갔다. 갑자기 카악하고 위협하는 듯한 소리를 내며 베티가 입을 크게 벌렸다. 깜짝 놀랄 만큼 깨끗한 분홍색 입속과 이빨이 보였다. 갑작스러운 일에 몸을 움츠렸더니, 베티의 눈이 반짝 빛나며 바로 두 사람 사이로 빠져나갔다.

"앗, 도망친다!"

멧돼지 스토커

도코와 에리카는 서로 뒤엉키듯이 앞서거니 뒤서거니 하며 뒤를 쫓았다. 베티는 어두운 언덕길을 무서운 빠르기로 달려갔다. 역 앞에서 왼쪽으로 꺾어, 주택가에 들어가 골목을 곧장 달려 나갔다. 다행히 지나가는 사람이 없어서 베티가 누군가를 들이받을 걱정은 없었다. 가로등에 비쳐 빛나는 갈색 뒷모습과 발굽 소리를 쫓아, 도코는 죽어라 달렸다. 한참 뒤에서 에리카의 힐 소리와 헉헉하는 괴로운 숨소리가 함께 들렸다. 팔을 휘두르며 허벅지를 높이 올렸다. 이렇게 필사적으로 달리는 것이 대체 얼마만인가. 육상부였던 고교시절이 어렴풋이 떠올랐다.

베티가 달려간 길 끝으로 덴조강의 하얀 철책이 희미하게 떠올랐다. 롯코산에서 흘러내리는 이 강은 한큐선과 직각으로 교차하여 동네 중심을 관통한다. 강이라고 해도 얕고 폭도 좁고 콘크리트로 강가를 둘러놓았다. 베티는 철책을 향해 곧바로 달려갔다. 위험해, 부딪쳐! 그렇게 생각한 순간, 시야에서 사라졌다. 풍덩하는 물소리가 울렸다. 도코가 철책으로 달려가 강을 들여다보니 베티는 얕은 여울에 서서 달빛을 받으며 이쪽을 올려다보고 있었다.

믿을 수 없었다. 난간을 뛰어넘은 건가? 베티는 의기양양하게 코를 킁킁거리면서 철벅철벅 물을 튀기며 얕은 강을 걸어 갔다. 코끝의 슈슈에 달린 스와로브스키가 어둠 속에 반짝거렸다.

"멧돼지가 날 수 있나?"

무심결에 중얼거리자, 등 뒤에서 에리카의 헉헉거리는 소리가 들려왔다.

"날 수 있어요. 120센티미터 정도는 도움닫기해서 휙 날아버리던 걸요? 그리고 헤엄도 칠 수 있어요."

에리카의 머리는 심하게 흐트러졌다. 슈슈는 어디다 빠트리고 없었다. 속눈썹이 떨어져 나가고 눈 밑도 시커메졌다. 두 사람은 한동안 롯코산을 향해 강을 걸어 올라가는 베티를 지켜보았다. 도코가 철책에 기대자 에리카도 따라 했다. 몸이 달아오른 탓인지 밤바람이 기분 좋았다.

"에리카 씨는 어떻게 그렇게 멧돼지에 관해 잘 알아?"

그녀는 잠시 주저하더니 우물거리면서 대답했다.

"그건……, 대학 때 베티를 잡으려고 조사를 많이 했었어요."

"어머, 어째서?"

"베티는 연애의 신이라고 불려서요. 만약 베티를 잡으면 좋아하는 사람과 평생 함께 있을 수 있다는 소문도 있고……."

그랬나. 모치의 밝게 웃는 얼굴을 떠올리고, 도코는 한숨을 쉬었다. 나쁜 사람은 아니지만, 확실히 둔감해보였다. 자신을 생각하는 후배의 마음 같은 건 아마 눈치도 못 챘을 것이다.

"도코 씨는 멧돼지를 닮은 것 같아요."

갑작스러운 말에 도코는 당황했다.

"어? 내가? 어디가?"

에리카는 쿡쿡 웃으며 말을 이었다.

"조심스럽고 경계심이 많으면서 한번 마음을 허락하면 어디까지고 따라가는 점이요. 무조건 직진으로 좀처럼 옆으로 돌아가지 않는 점도."

짧은 침묵 뒤, 동시에 웃음이 터졌다. 도코는 오랜만에 소리 내어 웃었다. 베티를 보고 있으니 묘하게 마음이 흔들리는 것은 비슷한 동지였기 때문일까. 어느새 에리카의 거리낌 없는 말투에 익숙해지고 있었다. 도코는 힘차게 철책을 뛰어내렸다.

"있지, 나 좋은 생각 떠올랐어!"

"또요? 대단해요. 도코 씨는……."

"베티 몸의 슈슈는 그대로 다니게 두는 거야. 오카모토를 걸어 다니는 것만으로 굉장히 좋은 광고가 되지 않을까? 여고생들이 볼 때마다 휴대전화로 사진을 찍을 정도니까. 우리도 페이스북이나 트위터에 올려서 더 홍보하지 않을래?"

에리카는 얼굴을 반짝거리며 짝짝 손뼉을 쳤다.

"정말 그러네요! 오카모토의 연애의 수호신이 하고 있는 슈슈라. 젊은 아이들한테 제대로 먹히겠어요. 소문을 듣고 나이트스쿠프에서 취재오면 최고겠당."

한바탕 흥분한 뒤, 도코는 문득 떠오른 생각을 말해야 할지 말지 망설였다. 인생에서 단 한 번도 해본 적 없는 종류의 말이었다.

"저기……, 베티가 달고 있는 핑크와 민트색 슈슈……. '이노슈슈◆'라는 상품명으로 팔아보면 어떨까."

에리카가 깜짝 놀란 듯이 철책에서 내려와, 도코의 얼굴을 들여다보았다. 이내 크게 소리 내어 웃으며 탁하고 어깨를 쳤다.

"그렇게 조심스럽게 말할 것 없잖아요! 내가 다 쫄았네. 그런 말장난 만들어내는 사람인 줄 몰랐어요. 이제 도코 씨도 완전히 간사이 사람이 다 됐네요. 아무리 그래도 '이노슈슈'라니!"

"너무해! 나는 좋은 아이디어라고 생각해서 플래너로 진지

◆
| 멧돼지의 일본어 '이노시시(멧돼지)'를 '이노슈슈(멧돼지슈)'로 살짝 바꾼 이름.

하게 제안한 거라고."

분해서 그녀의 등을 가볍게 밀쳤다. 두 사람의 기합은 덴조 강에 메아리쳤다. 밤바람에 마른 풀 냄새가 나고, 어디선지 모르게 귀뚜라미 울음소리가 들려왔다. 이제 완연한 가을이구나, 생각하니, 도코는 내일부터의 생활이 갑자기 기대되기 시작했다. 새로운 땅. 자신은 어떠한 사람도 될 수 있다.

덴조 강은 롯코의 밤하늘을 비추며 언제까지고 졸졸거리는 물소리를 들려주었다.

우메다역 언더월드

태어나서 처음 내린 한큐 우메다역은 옥내이지만, 자연광이 충분히 들어와서 거울처럼 잘 닦인 플랫폼 바닥을 부드럽게 비춰주었다. 이렇게 청결한 역은 지금까지 본 적이 없다. 넓디넓은 그 공간에 넉넉하게 간격을 두고 아홉 개의 선로가 뻗어 있고, 초콜릿색 한큐 전철이 줄지어 있었다. 역 전체가 거대한 유리 진열장으로, 케이크를 진열해놓은 것 같았다.

와카바야시 사에는 부드러운 글라사주 쇼콜라를 연상시키는 차량의 윤기와 반짝거림을 바라보면서, 한동안 달콤한 것을 먹지 못했구나 하는 사실을 떠올렸다. 취업활동을 시작한 뒤, 느긋하게 차를 마시는 시간이 줄었다. 아르바이트를 하는 케이크 가게에서 팔다 남은 것을 집에 갖고 와, 같이 사는 할머니와 마주앉아 홍차와 함께 즐겼던 날들이 아득하게 느껴졌다.

멍하니 있을 여유가 없다. 최종면접까지 앞으로 한 시간. 입사지원서 복사물을 다시 읽으며 준비해온 면접용 자기소개와 다른 점은 없는지, 꼼꼼히 확인할 필요가 있다. 요전에 지원했던 신용카드 회사의 최종 면접에서 떨어진 것은 긴장한 탓에 입사지원서 내용을 몽땅 잊어버려, 엉뚱한 지망 동기를 말해서였다.

무언가 따뜻한 것을 마시고 안정을 찾자. 여유를 갖고 행동

하면 어지간한 것은 다 해낼 수 있다. 면접 한 시간 전에는 면접장 주변에 도착하여 근처 커피숍에서 확인 작업을 해두면 일단 문제없다. 지난 일 년 반 동안 익힌 지혜였다. 선천적으로 길치인 탓에 몇 번이나 역 구내와 오피스 가에서 헤매다 면접장까지 도착하지 못하고 기회를 놓쳤다. 그밖에 배운 것이라면 면접 중에 '이 회사는 붙었다!'라고 직감했을 때는 반드시 떨어진다는 처량한 법칙 정도일까.

여기서 붙지 못하면 이제 다음이 없다.

어젯밤에는 장거리 버스에 흔들리며 와서, 주소┼≡에서 겨우 발견한 만화카페의 안락의자에서 하룻밤을 보내, 잠을 제대로 자지 못했다. 사에는 잘 닦은 구두 끝을 마침 눈에 들어온 중2층에 있는 커피숍으로 향했다. 1층 공간은 텅 비어있고, 그 위는 마치 제비둥지처럼 벽에서 튀어나온 구조로 생겼다. 다락방에 올라가 듯 비밀스러운 좁은 계단을 올라가니 자동문이 열렸다. 노란색 톤으로 통일된 밝은 가게였다. 천장은 낮지만, 개찰구 안의 커피숍이라고는 생각할 수 없을 정도로 공간이 넓었다.

"어서 오십시오."

창가 카운터 자리에 앉아, 웨이트리스인 중년여성에게 카페오레를 주문했다. 유리창 너머로 플랫폼 전체가 한눈에 들어 왔다. 옛날에 자주 이용했던 도큐도요코선 시부야역 구조와 닮았지만, 그 몇 배나 되는 스케일과 아름다움이었다. 광택이 나는 갈색 전철이 줄줄이 서 있는 모습, 잘 손질된 화단의 꽃, 규칙적으로 토해내는 인파, 올려다볼 정도로 높은 천장. 모든 것이 유럽의 어느 역 같았다. '해리포터'에 등장하는 킹스크로스역을 떠올리게 했다. 해리포터나 론 위즐리처럼 이대로 마법의 세계로 떠난다면, 하고 사에는 조그맣게 한숨을 쉬었다.

정말로 이국 같은 이 역을 이용하며 이 도시에서 일을 할 생각인가. 이게 진정 원했던 사회인 생활일까. 아니, 지금은 쓸데 없는 생각은 그만두자. 모든 것은 합격한 뒤, 찬찬히 생각하면 될 일이다. 합격하기 전까지는 아무것도 바라지 않는다. 지금 의 자신은 인간이 아니라는 생각조차 들었다. 빨리 진정한 인 간이 되고 싶다! 하고 요괴인간 아무개처럼 플랫폼을 향해 힘껏 소리치고 싶은 기분이었다.

"이건 서비스입니다."

김이 모락모락 나는 카페오레와 함께 나온 삶은 달걀을 보고 사에는 놀라서 눈을 껌벅거렸다. 평소에는 체인점 커피숍을 이용할 때가 많아서, 이런 유연한 서비스에 익숙하지 않았다. 작은 목소리로 고맙다는 인사를 하고, 달걀을 테이블 테두리에 톡톡 쳤다. 금이 간 틈으로 손톱을 세워서 자잘하게 달걀 껍데기를 벗기는 동안, 이러고 있을 때가 아니지, 하는 생각에 점점 초조해졌다. 소스 냄새가 신경 쓰여 옆을 보니 슈트 차림의 마른 중년남성이 야키소바와 밥을 같이 먹고 있었다. 야키소바가 반찬인 건가. 남성은 가쓰오부시가 나풀거리는 야키소바를 밥에 올려서 무척 맛있게 먹고 있다. 맛을 좀 보고 싶은 마음이 없는 것도 아니지만 탄수화물에 탄수화물이라니 가장 살이 찌는 조합이다. 이런 것을 아무렇지 않게 먹는 사람일수록 말랐다는 게 괜히 화가 난다. 요즘 스트레스로 편의점 과자에 손을 대버릇한 탓에 결국 이 면접용 슈트도 꽉 끼게 되었다. 합격이 되지 않는다면 156센티미터에 54킬로그램의 통통한 체형 탓이지 않을까, 하는 생각이 나날이 강해졌다.

유리창 너머의 빛을 받아 반짝이는 가쓰오부시는 참으로 태평스러워 보였다. 오기 전에 할머니가 한 말이 문득 떠올랐다.

"오사카는 참 재미있는 곳이지. 뭐든 다 있단다. 생각나는 것을 바로 장사로 연결하는 힘이 넘쳐. 여기저기에 고도성장기의 흔적이 남아 있는 것 같더라. 복고풍의 멋진 커피숍도 많이 있고. 사에, 맘껏 즐기고 와라."

마치 아이를 소풍 보내는 듯한 말투였다. 올해 일흔 살인 할머니는 양갓집 아가씨로 곱게 자라서 사에가 현재진행형으로 맛보고 있는 쓴맛을 잘 모른다. 사에는 오히려 그 천진함에 위로를 받고 있다. 눈치 빠른 부모님이나 여동생과 같이 살면 이것저것 신경 써주어서 오히려 그 압박감에 일찌감치 마음이 너덜너덜해졌을지도 모른다.

최근에는 좀처럼 구니타치*를 떠나는 일이 없지만, 할아버지가 살아 있을 무렵에는 부부가 나란히 국내외 여기저기 여행을 다녔다. 취업활동이 끝나면 할머니를 모시고 경치 좋은 온천에라도 가고 싶다. 옛날부터 엄마도 사에도 닮지 않은, 갸름한 미인형 얼굴에 자상한 할머니를 무척 좋아했다. 그때쯤이면 자신에게도 비일상을 즐길 여유가 생기겠지. 오늘도 시간만 있으면 천천히 오사카를 관광할 수 있었을 텐데. 태어나서 한 번도 도톤보리나 오사카성을 가본 적이 없다.

삶은 달걀을 다 먹고 나자, 사에는 드디어 자세를 바로하고 입사지원서를 꺼냈다. 그리고 최종면접에서 한 번 더 제출하게 될 이력서에 부족함은 없는지 확인했다. 도장을 깜박하고

◆
| 도쿄도 서쪽에 위치한 교육 도시

안 찍는 건 의외로 하기 쉬운 실수다. 마지막으로 회사 이름 한자가 틀린 걸 발견하고 수정액을 사러 달려간 적이 과거에 한 번 있었지.

오늘 영업직 시험을 보는 '주식회사 엔젤상자'는 아크릴 상자를 취급하는 작은 전문상사다. 아르바이트할 때 케이크 상자를 조립했던 경험과 잘 엮어서 그 투명한 상자에 대한 열정을 어필해야지.

"지망 동기…… 일본인이 소중히 여겨온 '포장' 문화의 집대성이 아크릴계 상자라고 생각합니다. 많은 행복을 담을 수 있는 상자라는 존재를 저는 사랑합니다."

시험 치는 회사가 바뀔 때마다 자신의 '열정'이 향하는 곳이 휙휙 바뀌는 허무함에 몸 안쪽이 차갑게 식는다. 출판사 면접에서는 그때까지 손에 들어본 적도 없는 패션지 사랑을 이야기하고, 식품회사에서는 좀처럼 먹지 않는 레토르트 식품에 관한 의견을 뻔뻔하게 이야기했다. 인터넷에서 얻은 임기응변 지식 따위 프로들은 이내 간파한다는 걸 알고 있다. 그러나 아무리 얄팍한 발언이어도 거침없이 말하지 않으면 그 팽팽한 공기에 질 것만 같다.

증명사진 속 자신은 겁먹은 얼굴로 눈을 부릅뜨고 있다. 안

색이 나쁜 데다, 원래 아랫볼이 통통해서 더 부어 보였다. 인사과에서도 같은 수준의 학생이라면 조금이라도 미인을 뽑고 싶겠지. 다시 찍는 게 좋을까 하는 생각도 했지만, 이래도 아르바이트 비를 털어서 모 유명 백화점의, 여자 아나운서 합격자가 나오는 것으로 유명한 포토 스튜디오에서 찍은 것이다.

다시 읽어보니 새삼 절망스러웠다. 어찌나 특징 없는 프로필인지. 취미는 독서와 과자 만들기, 영문과 졸업 예정, TOEIC 535점, 부기 검정 2급 취득. 대학시절 특별히 무언가에 정열을 쏟은 적이 없다. 동아리는 몇 군데 들여다보았지만, 딱히 와닿지 않아서 결국 아무 데도 들어가지 않았다. 아르바이트를 하거나, 세미나에서 친해진 여자아이들과 수업이 끝난 후 차를 마시고, 일 년 일찍 사회인이 된 선배 게이스케와의 데이트로 하루하루는 평온하게 지나갔다.

고등학교 졸업 후, 이바라기현의 본가를 떠나, 때마침 캠퍼스 근처에 사는 할머니 집에 들어가 살게 되었다. 그리고 4년 동안, 사에는 구니타치를 거의 떠나지 않았다. 타고난 길치여서 낯선 거리를 한 손에 지도 들고 걷는 것이 아주 쥐약이었다. 구니타치에서 대부분은 해결됐다. 대학도 아르바이트도 할머니 집도 게이스케의 아파트도 모두 구니타치의 상징인 가

176

로수 길에 있었다. 어쩌다가 시부야나 신주쿠 등에 갈 때는 도쿄 토박이인 친절한 누군가가 같이 가주었다.

'〈스스로 생각하는 자신의 성격〉: 저는 남을 돌보는 걸 좋아합니다. 함께 사는 할머니는 허리와 다리가 좋지 않아서 집안일도 돕고 말동무도 되고, 여러모로 꼼꼼히 챙겨드리고 있습니다……'

자기가 써놓고도 그 뻔뻔함에 식은땀이 났다. 지인이 읽는다면 가소로워할 것이다. 그래도 이 정도 간단하고 알아듣기 쉬운 말을 선택하지 않으면 자신이라는 인간의 윤곽이 녹아서 보이지 않게 될 것 같았다.

그러나 할머니와의 시간을 왜곡한 것 같아서 아무래도 찜찜했다. 취업활동의 미끼로 삼으려고 할머니와 사는 건 아닌데. 함께 있는 것이 힘들다거나 괴롭다고 느낀 적은 한 번도 없다. 언제나 어리광을 받아주고 챙겨준 사람은 오히려 할머니 쪽이다. 편식 없이 뭐든 맛있게 먹는 사에를 보고 기뻐하고, 애플파이나 지라시스시 등, 손이 가는 요리도 자주 만들어주었다. 용돈도 잘 주었고, 게이스케도 마음에 들어해서 놀러오면 반겨주었다. 집안일을 도울 때는 있었지만, 원래 집에 있는 것을 좋아하는 성격이어서 할머니와 함께 콩 껍질도 까고, 보존식 만드는 법을 배우는 것은 오히려 즐거웠다. 세미나 과제에 지쳤을 때, 게이스케와 싸웠을 때, 할머니와 케이크를 먹으면서 마음의 평정을 찾았다.

이 항목을 읽으면 면접관 대부분은 이렇게 물었다.

"그럼 할머니를 간병하는 일을 경험했다는 말인가요?"

간병이라니, 할머니는 건강해서 아직 거기까지는……이라고 당황해서 말하면, 면접관은 모두 으음, 하고 실망한 듯한 표정이 된다. 할머니 건강이 나빠져야만 하는 것 같아서 나로서도 씁쓸한 기분이 든다. 고쳐 쓰는 게 좋을지도 모르지만, 대학 4년 동안 가장 많은 시간을 보낸 사람이 할머니인 것은 사실이었다.

"오사카에 정말로 가는 거야?"

모처럼 최종면접까지 올라갔는데 3일 전에 만난 게이스케의 얼굴에는 곤혹스러워하는 모습밖에 없었다. 그 모습은 사에를 슬프게 하고 아프게 했다. 오사카에서 채용되어도 희망하기에 따라서 도쿄로 배치될 수 있다고 설명해도, 그의 얼굴에서 어두운 빛이 가시지 않았다. 언제나 온화하고 나이보다 훨씬 들어 보이는 그답지 않은 반응이었다.

"어쩔 수 없잖아. 도쿄에는 이제 지원할 만한 곳도 없는걸. 나

우메다역
언더월드

이대로 취업할 곳도 정하지 못한 채 졸업하게 된단 말이야."

"죽도록 하고 싶은 일이라면 장거리연애도 어쩔 수 없다고 생각해. 응원할게. 그렇지만 사에, 정말로 아크릴 상자 영업 같은 걸 하고 싶어? 사에가 오사카에 가면 할머니도 혼자 계시게 되잖아."

게이스케의 말은 티를 내지 않지만, 배려가 묻어났다. 그래도 넌 아무것도 못 해, 네가 낯선 땅에서 혼자 잘할 리 없잖아, 라고 빙 둘러서 지적하는 것 같은 기분이 들었다. 3학년 말에 대형 보험회사에 취업이 결정된 그는 분명 자신의 초조함을 모른다. 그 뒤로 어영부영 연락이 끊겼다.

4학년생 중 11월이 되어서도 취업할 곳이 정해지지 않은 사람은 과에서 자신뿐이다. 22년 동안, 이렇다 할 큰 좌절도 없었다. 대학은 현역으로 합격했고, 평범하고 성실한 학생이었다고 생각한다. 그런데 자기보다 리포트나 발표를 훨씬 못하는 동급생들이 잇따라 취직이 되었다.

원래 멍한 구석은 있지만, 취업활동에는 더욱 머리가 돌아가지 않았다. 면접관을 앞에 두고 무슨 얘기를 해야 좋을지 판단이 되지 않았다. 설명회에서는 자못 영리한 척 고개를 끄덕이며 아는 척 하지만, 들은 내용의 반은 오른쪽으로 들어왔다가 왼쪽으로 나갔다. 입사해서 자신이 무엇을 해야 할지, 어떻게 회사 이익에 공헌할 수 있을지, 홈페이지를 몇 번이나 읽어도 도무지 그림이 그려지지 않았다. 합격한 학생은 그걸 잘 이해한 것일까? 똑같은 교육을 받아왔으면서 그들과 사에는 어쩐지 결정적인 차이가 있는 것 같았다.

그때, 휴대전화가 떨렸다.

의자에서 벌떡 일어나 온몸으로 전화에 달려드는 사에를, 야키소바 정식을 먹던 남자가 놀란 눈으로 보았다. 가게 안의 시선이 자신에게 모인 것 같아서 사에는 다시 바로 앉고는 슬금슬금 등을 구부리며 휴대전화 화면을 들여다보았다. 휴대전화가 울릴 때마다 파래졌다가 빨개졌다가, 정말 자신은 꼴불견이다. 지원했던 회사에서는 모두 불합격 통지를 받았으면서도, '혹시나' 하는 기대를 버리지 못했다. 합격자가 사퇴하여 다음 타자로 채용된 건 아닐까, 하는 예감에 가슴이 뛰었다.

그러나 내용은 일기예보 안내 문자였다. 오사카, 우메다 부근에 곧 큰비가 내린다고 한다. 조금 실망하면도 지역 설정을 간사이로 변경해두길 잘했다고 생각했다.

원래 가기로 한 길을 변경하여 이 역 지하통로로 가기로 했다. 슈트에 물이 튈지도 모른다. 전에 기성복 회사 면접을 볼 때, 갑자기 비가 내려서 흠뻑 젖은 머리와 스웨터 차림으로 면접장에 들어가 웃음을 샀던 경험이 되살아나, 몸서리가 쳐졌다. 회사 홈페이지를 검색하니,

'한큐 우메다역에서 도보 5분. 지하통로를 이용할 경우에는 우메다 지하상가 화이티 우메다 동쪽, 샘 광장泉の広場을 향해 와주세요. M14번 출구로 올라와서 정면에 보이는 빌딩 5층입니다'라고 나와 있었다.

사에는 카페오레를 다 마시고 달걀껍데기를 버린 접시에 냅킨을 덮고 일어섰다. 계산을 하고 가게를 나와, 다시 플랫폼에 내려섰다. 지하에 '샘'이 있다니, 신기했다. 상당히 눈길을 끄는 곳일 테니 바로 눈에 뜨일 것이다. 모르면 지나가는 사람에게 물어보면 된다. 우메다 지하상가라면 이 플랫폼 바로 아래인 게 분명하다. 그렇다면 어쨌든 아래로, 아래로 내려가면 된다.

일단은 플랫폼 중간쯤에 있는 하행 계단으로 내려가기로 했다. 작은 개찰구를 나와, 다시 아래로 이어지는 에스컬레이터에 올랐다. 사에는 엉겁결에 앗 하고 소리를 지를 뻔하다, 주위를 둘러보았다. 뭐지, 여기, 역 안이 맞나……. 의심스러울 정도로 장대한 광경이 펼쳐졌다. 눈앞의 넓은 중앙 홀에는 굵은

기둥이 죽 늘어서 있었다. 1, 2층을 하나로 터서 2층 부분은 회랑처럼 보였다.

커피숍에서 잡화점까지 온갖 가게가 빙 둘러가며 있고, 사방팔방에서 어마어마한 수의 사람이 오갔다. 공간의 가로 폭을 거의 점령한 넓은 계단과 에스컬레이터가 아래로 뻗어 있어서, 천장은 한층 높고 공간은 더 넓게 느껴졌다. 돌아보니 등 뒤의 모니터에서는 번쩍거리는 다카라즈카의 무대 영상이 흐르고 있었다. 기노쿠니야 서점 입구가 계단을 사이에 두고 양옆으로 있었다. 시야에 들어오는 정보가 어찌나 많은지 마치 폭포 같았다. 이것은 역이라기보다 거대한 요새가 아닌가. 에스컬레이터는 승객에게 "여기서 일어나는 일을 찬찬히 보고 가세요"라고 하듯이 천천히 움직였다. 광장을 끼고 다음 에스컬레이터로 갈아탄 뒤, 또 반대방향으로 향하는 하행 에스컬레이터를 이용했다. 지하2층 식당가 같은 곳에 도착했을 때에는 드디어 땅에 도착했구나, 하고 자신도 모르게 가슴을 쓸어내렸다.

여기서도 색다른 풍경이 펼쳐졌다. 세상에, 줄지어 있는 음식점과 나란히 강이 흐르는 게 아닌가. 철썩철썩하는 물소리와 빛이 반사되는 수면, 그리고 환한 형광등과 잘 닦인 바닥이 동시에 눈에 들어와 기묘한 소용돌이에 휘말려드는 느낌이 들었다. 이런 곳이라면 샘이 있어도 이상하지 않다.

바로 옆에는 사에도 잘 아는 오래된 양과자 가게의 차 마시는 곳이 고풍스럽게 U자 카운터로 설치되어 있었다. 마치 가게가 강물에 떠 있는 것처럼 보였다. 사에는 휴대전화 화면을 노려보았다. 어째선지 GPS 기능이 되지 않았다. 너무 지하여서일지도 모른다. 그러고 보니 느리다고는 하지만, 한참이나 하행 에스컬레이터를 타고 내려온 것 같은 기분이 들었다.

사에는 맞은편에 오는, 말 걸기 쉬워 보이는 60대 여성과 눈이 마주쳤다. 꽃과 사자가 있는 복잡한 디자인의 보라색 스웨터를 입고 있어서 얼떨결에 시선이 갔다.

"저기 실례지만, 샘……."

말이 채 끝나기도 전에 여성은 가로막듯이 말했다.

"약속 장소로 자주 사용하는 거기 말이가? 여 흐르는 강을 쭉 따라가면 된다. 수원水原이 광장이라서. 지금 방송으로 나오는 건 '강이 흐르는 거리에서'라는 유명한 노래 아이가?"

이렇게 유창한 간사이 사투리, 텔레비전에서 말고는 들어본 적이 없었다. 여성은 계속 말하고 싶어 했지만, 더 서 있을 여유가 없었다.

"고, 고맙습니다."

휴우, 가슴을 쓸어내리고 강을 따라 걸어갔다. 이제는 헤맬 리 없다. 여유를 갖고 둘러보니 지하상가에 강이 흐른다는 사실이 재미있었다. 마치 디즈니랜드에라도 온 것 같은 기분이었다. 강 복판에 철제 오브제가 떠 있고, 거기에 꽃을 장식한 모습이 우아했다. 물밑을 들여다보니 어김없이 동전이 던져져 있었다. 음식점 간판이나 외관이 어딘가 정겨워서 눈길을 끄는 곳이 많았다.

간신히 넓디넓은 분수에 도착한 사에는 눈이 동그래졌다. 콸콸 솟구치는 물속에 반짝이는 원기둥이 몇 개나 솟아있고, 화초가 흐드러지게 핀 가운데 나체 여신상이 서 있었다. 이곳이 정말 지하인가. 그러나 넋을 놓을 상황이 아니었다.

올라가는 계단은 바로 옆에 있는데 'M14'라는 숫자가 없었다. 저쪽으로 가도 지하 1층으로 돌아갈 뿐일 것 같았다. 지상으로 나갈 수 있을 것 같지 않다. 이상하네……. 여기는 샘 광장이 아닌가. 마침 옆을 지나가는 또래로 보이는 세 여자를 다급히 불러세웠다. 모두 자매처럼 비슷비슷한 차림이었다. 스와로브스키가 반짝이는 슈슈로 묶은 갈색 머리카락에 하늘하늘한 짧은 치마. 자신이 시궁쥐처럼 느껴지는 화려함이었다.

"죄송한데요, 여기가 샘 광장 아닌가요?"

가운데에 있는 눈이 큰 여자가 얼른 대답했다.

"아, 여기 광장은 광장인데 트레비 광장이에요. 어느 '샘'을 말하는 거죠?"

"어머, 이 지하에 샘이 여러 개 있나요?"

"그럼요. 여기 바로 옆에는 물이 휙휙 날아다니는 수상 무대가 있고, 제2빌딩에는 대분수가 있고, 니시우메다 쪽에는 물이 흐르는 벽이 있고……."

현기증이 났다. 대체 이 지하에는 얼마나 많은 물 오브제가 있는 걸까. 그리고 이 역은 얼마나 넓은 걸까.

애초에 역 지하상가에 샘이며 광장이 그렇게 필요한 건가?

"제가 찾는 건 M14 출구 근처의……."

이번에는 통통하고 아담한 여자가 고개를 갸웃거렸다.

"아, 그거 화이티 우메다의 샘 광장 아닌가? 여기는 한큐 3번가니까 한참 더 앞이에요. 400미터 정도 가려나."

사에는 애써 울음을 참았다. 시계를 보니 면접까지 앞으로 20분. 10분 전에는 면접장에 들어가 옷매무새를 가다듬을 계획이었는데. 카페 같은 데 들르지 말 걸 그랬다. 비닐우산을 사서 지상을 걸어야 한다. 원래 있던 플랫폼으로 돌아가고 싶지만, 지금 되돌아갔다가는 제시간에 맞추지 못할 것 같았다. 키가 좀 큰 세번째 여자가 어이없다는 듯이 얼굴 앞에서 과장스럽게 손을 흔들었다.

"아, 도쿄 사람? 급할 때는 지하도를 이용하면 안 돼요. 거대 미로라고 불릴 정도니까. 우리도 고베에서 쇼핑하러 왔지만, 종종 길을 잃어요."

"그런가요?"

떨리는 목소리로 되물었다. 그런 미로를 왜 역 안에 만드느냐고. 외지에서 온 사람이 헤매는 것은 생각도 하지 않는 걸까.

"맞아. 우메 지하를 여기저기 척척 돌아다닐 정도면 완전히 오사카 사람이지. 재난이야."

"우메 지하지도 같은 거, 지하서점에서 팔지 않나? 아사히야 서점이나 세이푸도 서점에서."

지금은 들를 시간이 없다.

"뭐야, 도쿄 사람이 길을 잃었다고?"

그때, 지나가던 헐렁한 트레이닝복 차림의 30대 남자가 갑자기 끼어들었다. 대답할 겨를도 없이, 오랜 지인 같은 편안함으로 이렇게 말을 꺼냈다.

"신주쿠역이나 도쿄역은 차라리 귀여운 편이지요. 여기는

186

동서남북뿐만 아니라 층계를 이해하는 감각도 필요하거든요.
세계에 자랑할 만한 거대 미궁이라서요."

"층계?"

"완만한 경사나 짧은 계단처럼 몇 층인지 헷갈리게 하는 함
정이 여기저기 있어서 당신도 모르는 사이에 올라갔다 내려갔
다 하거든요. 삼차원의 방향 감각이 필요해요."

이와 비슷한 이야기를 어디선가 들은 기억이 있다. 맞아, 게
이스케가 좋아하는 비디오 게임이다. 복잡한 '던전'으로 구성
된 궁전에서 탈출하는 게임. 궁전 안 구조는 변화하고 시시각
각 증폭된다. 방금 지나온 길이 다음 순간에는 이미 사라져 있
기도 하고. 딱 한 번 도전한 적이 있는데, 사에는 금방 포기하
고 말았다. 그 게임을 지금 실제로 체험하는 셈인가. 겁 먹은
모습으로 도움을 청하는 사에를 보고 기분이 좋아졌는지, 남
자의 말이 점점 빨라졌다.

"화이티 우메다 샘 광장에 가고 싶으면, 이 길로 곧장 가다
가 막다른 곳이 나오면 왼쪽으로 꺾어요. 빨간 바닷가재 같은
오브제가 보이면, 길은 쁘띠샹 몰로 바뀌고 노스 몰이 나와요.
그러다 곧 센터 몰과 만나는데, 여기가 최대 난관이거든요. 진
행 방향에서 왼쪽 이스트 몰로 꺾어버려요. 조금 앞에 있는 노

스 몰 2랑 헷갈리면 안 되고요. 거기서 무심코 오른쪽으로 가서 한신 백화점 동쪽 입구로 들어갔다간 큰일 나요. 사방팔방에서 사람이 몰려드는 복잡하고 기괴한 교차로거든요. 원래 화이티 우메다는 지하철 우메다·히가시 우메다역. 한큐 3번가는 물론이고 히가시도오리 방면까지 거미줄처럼 연결된 우메다에서는 최고의……."

남자가 내뱉는 단어 하나하나가 벌이 되어 머릿속을 위잉위잉 돌아다녔다. 낱개로는 이해가 되는데, 집합을 이루면 어지러운 소용돌이가 되어 잡을 수가 없었다. 그러나 지금은 어쨌든 조각 정보를 단서 삼아 앞으로 나아갈 수밖에 없다. 이제는 뛰어야만 한다.

발길을 돌리려는 순간, 눈이 큰 여자가 손에 무언가를 쥐어주었다.

"이거 가져가요. 우리가 파는 상품인데, 오카모토에서는 부적으로 통해요."

펼쳐 보니 분홍색 슈슈였다. 사양할 여유가 없어서 얼른 오른손 손목에 찼다.

"고맙습니다."

사에는 돌아서서 전속력으로 뛰었다. 뒤에서 "힘내요" 하는 목소리가 따라왔다. 다리가 떨렸다. 숨쉬기 괴로웠다. 면접장에 제대로 도착도 하지 못하다니. 자신이 이렇게까지 무능할 줄이야, 지금까지 살면서 깨닫지 못했다.

카레 가게의 창에 장식된 터번 남자의 옆얼굴이 조롱하는 듯한 시선을 보냈다. 빨간 바닷가재 오브제가 시야를 스쳤다. 완만한 경사가 나오면서 인파가 순식간에 많아졌다. 평소 운동이 부족한 탓에 벌써 숨이 찼다. 원래 몸을 움직이는 것을 아주 싫어했다. 게다가 구두 때문에 뛰기가 힘들었다. 사에는 잠깐 주저했으나, 구두를 벗어 오른손에 쥐고 스타킹만 신은 발바닥으로 바닥을 디뎠다. 차가운 감촉이 뇌까지 전해졌다.

지나가는 사람들이 힐끔힐끔 돌아보았다. 면접용 슈트를 입고 맨발로 뛰는 여자는 호기심 어린 시선과 웃음을 자아냈다. 그래도 다리를 멈출 수는 없었다.

이럴 리가 없는데. 일찍 일어났는데. 혹시 장거리 버스가 늦을까봐 전날 밤에 왔는데. 면접장까지 가는 길은 어젯밤 구글로 제대로 확인했는데. 도쿄에서의 모든 실패를 거울삼아 이번에야말로 최고의 자신을 보여줄 각오로 이 도시까지 왔는데. 즐비하게 늘어선 상점 색깔이 일그러지면서 홍수가 되어 밀려들었다. 꼬치튀김 가게의 포렴이 나부꼈다. 오코노미야키

가게에서 풍기는 기름과 소스 냄새에 숨이 막히고 머리가 어지러웠다. 트레이닝복을 입은 남자의 설명은 어디론가 사라져버렸다. 이렇게 된 바에야 감을 믿고 뛸 수밖에 없다. 여기가 어디고 어디로 가면 되는지, 이제 아예 모르겠다.

어느새 원형 광장에 도착했다. 뒤를 돌아보니 한신 백화점 지하식품관 입구가 보였다. 360도로 둘러보자, 몇 곳이나 되는 통로가 방사선 모양으로 뻗었고 인파가 복잡하게 교차해서 그야말로 혼돈 그 자체였다. 한신 백화점 입구만큼은 가지 말라던 말을 간신히 생각해내고 오싹해졌다. 울음이 터질 것 같아 멈춰 서서 올려다보니, 안내판에는 'JR 오사카역' '한큐 우메다역' '한신 우메다역'이라는 세 개의 글씨가 매정한 화살표와 함께 적혔을 뿐이었다. 아아, 이렇게 많은 역을 어째서 무자비하게 하나로 뭉쳐 놓은 거야. 맨발인 것이 생각나, 일단 구두를 신었다.

둘러보니 도쿄의 인기 가게와 꼭 닮은 '오사카 포토퀴&스무디'라는 간판이 달린 주스 판매대가 있었다. 카운터 안에는 단발머리에 체구가 큰 여자가 앞을 보고 서 있었다. 흔한 '짝퉁' 가게일까, 정식 가게일까. 외지인으로는 판단하기 어려웠다.

지금 당장 구니타치로 돌아가고 싶었다. 그 거리는 외지인

190

에게도 게으름뱅이에게도 친절하다. 거리 중앙에는 그저 가로
수만 끝없이 늘어서 있다.

나는 정말 취직하고 싶은 걸까. 회사원이 되고 싶은 걸까. 이
런 복잡하고 불친절한 미로를 이용하는 생활을 선택하고 싶은
걸까. 오늘 면접에서 최고의 자신을 보여주는 데 성공해서 합
격이 된다 하더라도 언제까지 나의 허술함을 들키지 않고 버
틸 수 있을까. 한 달 뒤일까, 1년 뒤일까, 2년 뒤일까. 그때까지
매일 상사와 동료를 속이는 마음으로 쫄면서 회사에 다녀야
하나. 그때 바로 옆에서 소리가 들렸다.

"저기, 아가씨. 지금 괜찮아요? 잠깐 얘기 좀 할 수 있을까?"

옆을 보니 아까 전에 그 야키소바 정식을 먹던 남자가 아닌
가. 그 가게에서부터 계속 뒤를 쫓았다고 생각하니 성가시고
불쾌해서 사에는 재빨리 몸을 뒤로 뺐다. 이쪽의 서늘한 태도
에 압도됐는지, 남자는 약간 멈칫했다. 분노 덕분에 조금은 기
력을 되찾았다.

이스트 몰…….

그래, 그 트레이닝복 남자가 샘 광장은 이스트 몰을 지나서
있다고 했지. 손목시계를 보니 면접까지 아직 8분은 있다. 이
렇게 된 이상, 할 수 있는 것을 하는 수밖에 없다. 야키소바 정

식남 어깨너머에 백화점 입구로 향하는 빈 대차가 눈에 들어왔다. 사에는 남자를 떠밀고 대차를 미는 하얀 제복 차림의 젊은 남자에게 달려갔다.

"저기, 그거 잠깐만 빌려주세요. 나중에 돌려드리러 올 테니까."

킥보드처럼 대차를 타고 질주할 생각이었다.

"엇, 무슨 소리예요, 곤란해요. 전 그냥 아르바이트생이에요. 직원한테 혼나요."

"딱 30분이면 돼요."

"안 돼요, 안 돼."

"그럼……, 이스트 몰은 어느 쪽이에요?"

그는 당혹스러운 표정으로 진행방향을 곧장 가리켰다.

"고맙습니다."

사에는 다시 구두를 벗어 들고 이스트 몰을 향해 달렸다. 야키소바 정식남이 뭐라고 외쳤지만, 이미 멀어졌다. 다양한 냄새가 하나가 되더니 갑자기 바람으로 바뀌었다.

"죄송합니다, 비켜주세요! 급해요!"

사에의 외침과 발소리에 지나던 사람들은 길을 열어주며 놀란 얼굴로 돌아보았다. 이스트 몰은 경사가 완만한 것 같았다.

192

덕분에 점점 가속이 붙었다.

마침내 커다란 분수가 보였다. 히비야 공원에 있는 것처럼 클래식한 과일접시 모양이었다. 사에는 바닥을 박차는 다리에 더욱 힘을 주었다. M14 출구를 발견하고, 됐다, 하고 작게 외쳤다. 출구를 향해 냅다 달렸다. 계단을 두 칸씩 올라가자, 습기의 장막이 흠씬 에워쌌다.

밖은 풍경도 잘 안 보일 정도로 비가 억수같이 내렸다. 이건 어쩔 수가 없다. 사에는 가방을 머리에 올린 뒤, 결심하고 뛰었다. 주식회사 엔젤상자가 있는 길쭉한 다목적 빌딩은 금방 찾을 수 있었다. '면접장 →'이란 종이가 붙은 현관 옆 작은 문을 밀고, 2층으로 이어지는 계단을 뛰어올라 갔다. 엘리베이터 앞의 좁은 통로에는 접이식 의자가 줄지어 놓여 있고, 취업준비생 다섯 명이 앉아 있었다. 머리카락은 흠뻑 젖은 채, 숨을 헐떡이는 사에에게 날카로운 시선이 꽂혔다.

백곰처럼 하얗고 뚱뚱한 중년의 남성 사원이 정중하게, 그러나 반론은 듣지 않겠다는 말투로 이렇게 말했다.

"와카바야시 씨인가요. 죄송합니다만 지각은 안 됩니다. 1분도 안 됩니다. 면접 주의사항에도 그렇게 적혀 있었죠. 돌아가세요."

"죄송합니다, 정말 죄송합니다. 그렇지만 사정이 있었어요. 들어주세요."

더 이상 점잔 뺄 상황이 아니었다. 사에는 거의 울먹였다. 남자는 지금까지 만났던 어떤 기업의 사람보다도 엄격한 말투로 거절했다.

"아니요, 됐습니다. 일생일대의 면접시험에 지각하는 사람이 우수한 사원이 될 리가 없겠죠."

"죄송합니다. 한 시간 전에는 우메다역에 도착했답니다. 그런데 비가 와서 옷에 물이 튈까 봐 걱정돼서, 그래서 젖지 않으려고 지하로 오려고 했는데……, 그런데 우메다 지하도가 너무 복잡해서 헤매느라……. 저, 도쿄에서 와서 잘 몰라서."

취업준비생 몇 명이 키득키득 웃는 것이 보였다. 귀까지 뜨거워졌지만, 그래도 사에는 정신없이 변명을 계속했다. 백곰은 지겹다는 듯이 한숨을 쉬었다.

"어린애처럼 구는 것도 적당히 하시죠."

완전히 숨통을 끊어놓을 정도로 서릿발 같은 태도였다.

"변명은 됐습니다. 당사와는 인연이 없었던 겁니다. 자, 돌아가시죠."

사에는 울부짖고 싶은 것을 애써 참으며 천천히 돌아섰다.

저 백곰 새끼······. 계단을 내려가는데 눈시울이 뜨거워졌다. 취직했다는 이유만으로 사회인의 대표 같은 얼굴을 하고 남을 깔보다니. 아직 합격한 곳이 없다는 이유만으로 쓰레기라도 보는 눈빛으로 업신여기다니. 한 가지만은 확실했다. 그래, 합격하는 것과 뚱뚱한 것은 관계가 없나 보다. 빗속을 터덜터덜 걸어 다시 지하로 내려갔다. 분수 앞까지 오자, 온몸에서 힘이 빠져 사에는 결국 주저앉고 말았다. 축축한 머리카락이 몸을 차갑게 식혔다. 손목에 긴 슈슈가 보였다. 이게 뭐가 부적이야. 분수 안에 던져버리고 싶은 충동을 느꼈지만, 그럴 기운도 없었다.

휴대전화를 꺼내 매달리는 심정으로 힘없이 눌렀다. 짧은 호출음 뒤에 여보세요, 하는 다정한 목소리가 들렸다. 콧속이 시큰거렸다.

"할머니. 뭐 하고 있나 해서."

"사에, 어땠니? 면접 잘 봤어?"

할머니 손녀를 60개 이상이나 되는 기업에서 필요 없다고 하네. 사랑으로 키워주었고, 아무 불편 없이 살게 해주었는데 큰 결함이 있나 봐. 이대로는 평생 제구실을 못 할 것 같아. 수많은 말을 삼키고, 사에는 억지로 밝게 말했다.

"모르겠어. 안 될지도 몰라."

"그래도 결과야 아무럼 어떠니. 우리 사에가 무사히 돌아오기만 하면 할미는 그걸로 충분해. 돌아올 때는 꼭 신칸센을 타렴. 나중에 돈 줄 테니까. 그리고 모처럼 갔는데 맛있는 것도 많이 사 먹고 와. 기왕 오사카까지 간 길에. 틀림없이 기분도 달라질 거야. 모르는 도시에서 뭔가 먹으면 그게 여행인 거지."

"응, 알았어. 그만 끊을게."

역시 백곰 말대로 너무 어린애처럼 굴었는지도 모르겠다.

전화를 끊은 뒤, 사에는 진심으로 자신이 싫어졌다. 이런 때마저도 당연한 듯이 가족에게 기댔다. 길을 잃었을 때도 직접 지도를 찾아보려고 하지 않았다. 고민도 하지 않고 주변의 누군가에게 의지했다. 전부 자업자득이면서 남 탓으로 돌리고 싶어 안달이었다. 전국의 모든 대학생이 경험하는 길인데 자기 혼자만 불행을 짊어졌다는 생각에 견딜 수 없었다. 아직 아무 데도 합격하지 못한 것을 정치나 불황 탓으로 돌리려고 했다. 면접장에 시간 맞춰 도착하지 못했던 것조차 오사카라는 도시 탓으로 돌리지 않으면, 도저히 이 자리에서 일어나 다음으로 나아가지 못할 것 같았다.

왔던 길을 되돌아, 한신 백화점 식품관 앞까지 느릿느릿 돌

196

아오자, 아까 제복 차림의 남자가 이쪽을 향해 뛰어오는 모습이 보였다.

"저기, 죄송해요, 아까는 그게……."

"어땠어요, 면접 잘 봤어요?"

이 거리 사람들의 붙임성에는 매번 놀란다. 처음 만난 사람과 아무런 거리낌 없이 금방 거리를 좁혀 온다. 이쪽이 침울한 표정을 짓고 있어도 아랑곳하지 않는다.

"뭐, 그렇게 실망하지 말아요. 기왕 왔으니까, 밀가루 음식이라도 먹고 가요. 저기 한신 백화점 명물인 스낵파크가 있어요. 나는 초보야키 추천!"

고맙다고 말하고, 추천하는 대로 식품관 옆의 서서 먹는 공간에 가보았다. 도쿄에서는 본 적 없는 유형의 가게였다. 야키소바, 오징어구이, 면류 등 다양한 주전부리를 한 자리에서 바로 먹을 수 있는 곳으로, 꽤 많은 손님들로 북적였다. 높은 힐을 신은 직장여성까지 아주 당연하게 카운터에 기대서 선 채로 우동을 먹고 있었다.

"옙, 초보야키 하나요, 마요네즈 뿌려요?"

주문하자마자 기운 넘치는 목소리와 함께 소스를 듬뿍 뿌린 네모난 오코노미야키가 나왔다. 가볍고 부드러운 오코노미야키가 혀에서 부드럽게 녹았다. 입안에서 탱글탱글 뛰는 건 뭐지. 곤약인가.

"맛있지? 그게 다코야키의 원조야."

한신 타이거즈 상의를 걸친 초로의 남자가 허물없이 어깨를 붙여왔다. 잔술 냄새가 훅 났다.

초보야키의 맛이 사에의 등을 밀었다. 다이어트는 무슨, 하는 생각이 들었다. 어차피 몇 킬로그램 빼도, 착한 척해도 취업 따위 무리다.

한신 백화점을 나와 인파 사이를 누비며 사에는 차츰 기운이 났다. 할머니 말이 맞았다. 뭐든 먹으면 이 비참한 하루도 작은 여행이 된다. 관광할 기력은 없어도 시간과 식욕만은 있는 지금, 이 지하상가는 제격이었다. 꼬치 튀김에 오코노미야키에 어묵. 오사카의 명물이라는 명물이 이곳에 다 모여 있었다. 배가 터질 정도로 먹고 전부 없었던 일로 하자고 생각했다.

당장 눈에 들어온 카페로 들어갔다. 다소 화려한 색상의 음식 모형이 빼곡한 진열장에 이끌렸다.

"어어, 이 우메다 스페셜 파르페 주세요."

메뉴를 제대로 보지도 않고 창가 자리에 앉은 사에는 힘차게 주문했다.

곧이어 나온 파르페를 앞에 두고 사에는 한동안 숟가락을 들지 못했다. 쇼트케이크 한 덩어리, 푸딩, 찹쌀경단, 생크림이 당장에라도 흘러내릴 것처럼 유리잔에 수북이 담겼다. 거기에 토끼 모양으로 자른 사과까지 장식했다. 홧김에 마구 먹으려던 욕구가 썰물 빠지듯 사라졌다.

이런 터무니없는 파르페, 처음 보았다. 아름다운 것을 전부 때려 넣은 모양에, 사에는 오사카 정신을 확실히 배운 것 같다. 그러니까 이 지하상가도 마찬가지일 것이다. 그때그때 괜찮다 싶은 가게나 통로를 자꾸 붙이다 보니, 이렇게 복잡하고 기괴한 미궁이 완성된 것이다. 사에의 미래를 빼앗은 미궁은 오사카 사람들의 서비스 정신이 낳은 건지도 모른다.

그런 생각을 하며 유리창 너머로 지하상가를 무심히 바라보는데, 통로에서 오도 가도 못 하고 있는 여자가 눈에 들어왔다. 사에는 단박에 알아차렸다. 이런 어중간한 시기에 면접은 그리 많지 않다. 간사이 지역은 더욱 그렇다. 3학년의 취업 활동이 본격적으로 시작되는 시기는 다음 달부터다. 그녀는 아마도 4학년생, 목적지는 엔젤상자가 아닐까.

저 애, 길을 잃었어.

면접용 정장 차림으로 정처 없이 서서 오른손에는 휴대전

화, 왼손에는 꾸깃꾸깃한 종이를 들고 두리번두리번 주변을 살피고 있었다. 겨우 몇 십 분 전에 자신의 모습이 아닌가. 분명 엔젤상자의 다음 시간대 면접을 보러 왔을 것이다. 저 애가 지금 경험하고 있을 소용돌이 같은 곤혹스러움과 초조함이 손에 잡힐 듯이 보였다.

그대로 헤매면 돼…….

먼 곳에서 일부러 왔겠지. 합격되면 집 근처로 배치를 희망하면 된다고 쉽게 생각하고 있겠지. 수많은 현실에 눈을 감고, 에라, 모르겠다, 합격만 되면 나중 일은 그다음이라고, 진지하게 고민해야 할 일은 뒤로 미뤘을 것이다. 그러니 그녀의 취업 활동이 잘 될 리 없다. 여러 곳에 합격한 학생과의 차이가 그것이다. 합격 통지를 받은 순간의 모습은 그려도, 기업에 들어간 뒤의 자신은 그리지 못하는 것이다. 본인은 야무지다고 생각하겠지만, 자세히 살펴보면 온몸에서 어수룩함과 무방비함이 배어 나오고 있다. 저런 유형은 한번 아픈 꼴을 당하지 않으면 모른다. 자신이 그랬던 것처럼.

떨, 어, 져! 떨, 어, 져!

사에는 긴 스푼을 꽉 쥐었다. 덜 말라 축축한 셔츠가 몸에 들러붙었다. 몸을 앞으로 기울여 그녀를 주시했다. 아예 저 애를

201

뒤따라가 면접장에 지각하는 모습을 지켜보고 싶을 정도였다. 백곰 상대로 울며 변명하는 모습을 보고 싶었다. 그러면 동지로서 살며시 어깨를 안아주고 다정하게 위로하는 것쯤은 할 수 있다. 그렇게까지 망상했을 무렵에 갑자기 그녀가 무언가 떠올랐다는 듯이 발걸음을 돌렸다.

앗, 그쪽은 이스트 몰!

큰일이다. 이대로는 저 애가 무사히 샘 광장에 도착하고 만다. 그렇게는 안 되지, 하고 사에는 의자를 박차고 일어났다. 무슨 수를 써서든 그것만은 막아야 한다.

계산을 마치고 가게를 나선 뒤에야 파르페 사진을 깜박하고 안 찍었다는 것을 깨달았다. 게이스케에게 사진을 보내려고 했는데. 그러기는커녕 거의 입도 대지 않았다. 뒤를 돌아보니, 방금 전 자신이 앉았던 자리가 유리 너머로 보였고, 말도 안 되는 모습의 스페셜 파르페가 손도 대지 않은 채 테이블에 남아 있었다. 마치 사에를 나무라듯이 파르페는 이쪽을 향해 엄숙하게 놓여 있었다. 스위츠를 그대로 남기고 나오다니, 이런 적은 처음이었다. 케이크 가게에서 팔다 남은 것조차 아깝다고, 늘 다 챙겨왔다. 여자애 찾기를 포기하고, 사에는 한동안 그 자리에서 움직이지 못했다.

취업 활동을 그만두자.

갑자기 그렇게 생각했다. 스위츠를 남기고 가게를 나오다니, 어떻게 된 거다. 곤경에 처한 사람을 보고 심술궂게 기뻐하는 것도. 게다가 실패하도록 수를 쓰려는 것도. 드디어 마음 어딘가가 망가지기 시작한 게 분명하다.

애초에 이런 자신이 회사 생활을 제대로 할 수 있을 리 없지 않나. 그렇게 간단한 것을 어째서 지금까지 깨닫지 못했을까. 적어도 영업직은 무리다. 낯선 동네를 향해 전철을 타고 다니는 것이 일상 업무니까. 할머니와의 일상을 지원 동기로 연결 짓는 것도 억지스럽다.

도쿄로 돌아가자. 적어도 할머니만큼은 나를 필요로 해준다. 케이크 가게에서 아르바이트를 계속하면서 할머니와 사는 것이 뭐가 나쁜가. 일주일에 5일, 9시부터 폐점 시간까지 일하면 한 달에 18만 엔 이상은 벌 수 있다. 생활하기 곤란한 액수는 아니다. 이대로 취직 활동을 계속하다가 몸도 마음도 피폐해지는 것보다 훨씬 건전한 삶이지 않을까. 이제 됐다.

그만두자.

그렇게 생각하니 갑자기 걸음이 가벼워졌다. 이대로 잠깐 지하를 탐험해도 괜찮겠다고 생각했다. 다른 방향으로 걸어갔다.

그런데 긴 통로 앞쪽에서 그 여자애의 까만 머리를 발견했다. 벌써 길을 잃었나 보다. 사에는 달려가서 자기도 모르게 말을 걸었다.

"저기, 잠깐 괜찮아요?"

크게 숨을 들이마셨다가 내쉬고, 놀라지 않도록 부드럽게 말했다. 그녀가 의아한 눈빛으로 이쪽을 보았다.

"혹시 주식회사 엔젤상자 면접장에 가는 길인가요?"

그녀는 놀란 표정으로 고개를 끄덕였다.

"지금 반대로 가고 있어요. 샘 광장을 모르죠? 여기 지하, 정말 복잡해요."

"알려줘서 고마워요……. 혹시…… 여기 사람이에요?"

"아뇨. 도쿄에서 왔어요."

"나도요. 대단하네요. 이렇게 복잡한 역을 파악하고 있다니. 당신 같은 사람은 당장 합격이겠죠. 말을 걸어줘서 고마운데…… 지금부터 당신이랑 같이 면접을 본다니 우울하네요. 나 같은 애는 정말 이제…… 틀렸어요……."

고개를 숙인 그녀의 눈에서 눈물이 뚝뚝 떨어졌다. 빳빳하게 다린 셔츠와 새것이나 다름없는 정장, 공들여 드라이한 머리카락에 민낯에 가까운 화장. 사에와 똑같은 차림이었다. 착해 보여서 인상에 남지 않는 그런 아이였다. 아마 그녀 역시 '아크릴 상자에 대한 사랑'을 지나칠 정도로 진지하게 설명하는 유형일 것이다. 안심시키려고 사에는 그녀의 눈을 바싹 들여다보았다.

"걱정하지 말아요. 나는 앞 시간대 면접이었어요. 길을 헤매다가 지각해서 면접을 보지도 못했어요. 그러니까 나는 경쟁자가 아니에요. 괜찮다면 같이 회사까지 가줄게요. 그리고 밖에 비가 많이 내리니까 저기 매점에서 비닐우산을 사는 게 좋아요."

그녀는 감탄한 듯한, 놀란 듯한 눈빛으로 이쪽을 바라보았다.

"자기는 면접도 보지 못했으면서 도와주는 거예요……?"

"자, 자, 꾸물거리지 말고 얼른 우산부터 사요."

눈에 띄는 매점으로 그녀를 끌고 갔다. 무슨 이유에선지, 조그마한 가게 곳곳에 인도 배우 라지니칸트의 사진과 브로마이드가 붙어 있었다. 의아한 표정을 짓자, 40대쯤으로 보이는 여점원이 태연하게 말했다.

"우리 남편이 이 사람을 좋아해서요."

여자애도 사에도 순간 말문이 막혔으나 피부가 갈색인 라지니칸트의 물색없이 밝고 우쭐한 표정을 잠깐 바라보다가 얼굴을 마주 보고 웃었다. 어느 새인가 한결 편안한 분위기로 바뀌었다. 여자애는 500엔짜리 비닐우산을 샀고, 둘은 가게를 나섰다. 사에는 인파를 헤치고 이스트 몰로 그녀를 데리고 갔다. 이내 샘 광장이 보이자, 그녀는 안도의 한숨을 내쉬었다. M14 출구 앞까지 와서, 사에는 그녀의 어깨를 툭 쳤다.

"좌우지간 힘내요. 긴장만 안 하면 아마 잘 될 테니까."

자기 입에서 나온 말이라고는 생각할 수 없었다. 자신이 누군가를 격려하다니. 남에게 의지해 길 안내를 받기 일쑤였는데.

"그럼 나는 여기서……."

"미안하지만, 저기……. 미안하지만 면접장까지 같이 가줄래요. 당신이랑 같이 있으면 붙을 것 같아요."

그 여자애의 필사적인 눈빛을 도저히 거절할 수 없었다. 이애를 무사히 면접장까지 바래다줄 수 있다면, 지난 일 년 반 동안 노력한 보람이 있을지도 모른다.

그대로 지상으로 나와 사에는 그녀와 우산을 같이 쓰고 다시 다목적 빌딩으로 향했다. 빌딩 안의 좁은 계단을 올라가서 여기예요, 하고 면접장 앞 통로를 가리켰다.

"참, 이거 부적이래요. 괜찮다면 줄게요."

문득 생각이 나, 손목에서 슈슈를 빼 여자애에게 내밀었다.

206

정말 고마워요, 쉰 목소리로 중얼거리며 그녀는 슈슈를 받아 취업준비생들의 줄에 합류했다. 통로에 있던 백곰은 사에를 금방 알아보고 얼굴을 찡그렸다.

"뭡니까, 또 왔어요. 이봐요, 누차 말하지만, 지각은⋯⋯."

"저 사람을 데리고 왔을 뿐이에요. 길을 몰라 곤란해 하는 것 같아서. 그럼 저는 이만⋯⋯."

"호오, 놀라운데⋯⋯. 자기는 면접도 보지 못했으면서."

백곰 남자가 중얼거리며 사에를 찬찬히 바라보았다. 이럴 때, 드라마에서라면 반드시 부드러운 피아노 음악이 흐른다. 그의 굳어진 표정이 부드러워지고, 그 손은 면접장 문을 연다. 그리고 사원들의 박수가 팡파르처럼 터지고, 사에를 따뜻하게 환영해준다. 이 미담은 까다롭기로 유명한 회사 권력자의 귀에 들어가고, 그는 요즘 세상에 보기 드문 마음을 지닌 아가씨라고 감동한다. 사에는 멋지게 합격을 따 낸다⋯⋯ 순간적으로 상상하지 않았다고 하면 거짓말이다.

하지만 그런 꿈같은 전개는 당연히 일어나지 않았다.

"그럼 여러분, 한 사람당 15분간 면접입니다. 번호 순서대로⋯⋯."

백곰은 이내 사에에게 관심을 접고, 얼른 대기 중인 취업준비생들을 바라보며 주의사항을 설명했다. 사에는 조금 전의 그녀에게 살짝 고개 숙여 인사했다. 그녀도 역시 인사, 그리고 사에 쪽은 다시 돌아보지 않았다. 백곰의 설명을 집어삼킬 듯 한 표정으로 듣고 있었다. 사에는 이제 완전히 이곳에 용건이 없는 인물이었다. 그렇다면 떠나면 그만이다. 홀가분한 기분 으로 그들에게서 돌아섰다.

오늘 두번째인 좁은 계단을 성큼성큼 내려가 빌딩을 나섰 다. 밖으로 나오자 빗발이 한층 강해졌다. 다시 옷이 젖는 것도 개의치 않고, 사에는 지하 입구를 향해 걸었다. 계단을 내려가 는데 자신이 생각해도 살짝 반가웠다. 오늘 하루 만에 대충 구 조를 파악한 덕분일까, 날씨에 좌우되지 않는 이 공간에서 인 제는 평온함이 느껴진다.

이왕 이렇게 됐으니, 다시 샘 광장을 차분하게 둘러보기로 했다. 과장스러운 장식의 로코코풍은 트레비 광장에도 공통된 분위기였다. 천장에는 푸른 하늘 그림이 그려져 있었다. 물보 라가 너무 힘차서 분수 주변이 축축하게 젖었다. 아까 그 초보 야키 소스 같다고 생각하니 웃음이 났다.

그나저나 너무 많이 움직인 탓인지 면접용 슈트의 단추가 떨어질 것 같았다. 편안한 옷으로 갈아입고 싶었다. 아까 한신 백화점 앞에서 본, 귀여운 옷을 입힌 마네킹이 늘어서 있던 옷가게가 생각났다. 그 가게에서 배 부분이 낙낙하고 보드라운 스커트와 살랑거리는 블라우스를 사서 갈아입자. 쇼핑을 안 한 지도 오래됐다. 이렇게 된 바에야, 돌아갈 때는 할머니 말씀대로 오사카에서 신칸센을 타자. 장거리 버스는 이제 지긋지긋하다. 그러고 보니 상품권 할인 판매점도 어디선가 보았다. 오코노미야키를 포장해서 신칸센을 타고 가며 먹는 거야. 할머니와 게이스케에게 줄 선물도 사야지. 그렇게 계획을 세우다 보니 점점 이곳에 있는 것이 즐거워졌다. 거리로 나가지 않아도 지하에서 거의 다 할 수 있다. 게다가 이 통로는 오사카역까지 이어져 있다. 갑자기 시야가 막혔다.

"아, 아까 그 아가씨구나. 다행이네, 다시 만나서. 왠지 오해를 산 것 같아서."

그 야키소바 정식남 아닌가. 왜 이렇게 끈질긴지 몰라. 어쩌면 아까 여자애와의 대화를 어딘가에서 훔쳐 듣고, 다시 돌아오리라 짐작하고 기다렸는지도 모른다. 사에는 진절머리가 나서 인제는 끝장을 보려고 남자를 정면으로 응시했다.

"뭐예요, 아저씨, 아까부터."

"아, 미안. 저기, 수상한 사람은 아니야. 아가씨한테 흥미가 있어서."

헌팅을 당해본 적이 거의 없어서 대처하기 어려웠다.

"난 이런 사람인데. 코미디언 세계에 흥미 없나?"

그가 내민 것은 오사카에 본사를 둔, 다수의 코미디언이 소속된 연예 기획사의 명함이었다. 일본인 누구나가 알고 있는 유명한 기업 아닌가.

"코, 코미디언?"

전혀 예상하지 못한 권유에 사에는 남자를 말똥말똥 바라보았다. 헌팅에 따라붙는 비굴함이나 질척거림이 남자의 눈빛에는 보이지 않았다.

"아까부터 허둥거리는 모습이 너무 재미있어서⋯⋯. 느닷없이 질주를 하지 않나, 남한테 무턱대고 말을 걸지 않나. 도쿄 사람치고는 겁도 없고 반응도 신선했어. 통통하고, 아, 나쁜 의미가 아니라 이미 완성된 캐릭터더라고. 우는 얼굴도 왠지 웃기고. 우리 회사에 들어올 생각 없나?"

실례되는 소리를 듣고 있는데, 진지하게 귀가 기울어졌다.

"그렇게 이상한가요, 저⋯⋯."

"엇, 화났어? 그래도 그런 소리 듣지 않아? 재미있다는 소리. 소질이 있어."

남자는 뭔가를 떠올렸는지 킬킬 웃었다.

그의 말을 듣고서 사에는 처음으로 깨달았다. 자신은 남에게 웃음만 주지 않았나. 케이크 가게에서 아르바이트할 때도, 세미나에서 발표할 때도, 사소한 말실수나 착각을 할 때마다 주변 사람들은 잘 웃었다. 하물며 오늘 하루 동안 몇 사람을 웃겼는가. 부끄럽고 분하기도 했지만, 생각해보면 다들 굉장히 호의적이었다. 이 지하에서 자신을 감싸 안은 것은 전부 까칠까칠한 것이 아니라 따뜻한 반응이었다.

결국, 자신의 인생 최대의 불행도 지나가는 누군가에게는 재미있고 웃긴 한 페이지일 뿐이다. 조금 전이었더라면 그 사실을 깨닫고 울컥하거나 비참했겠지만, 지금은 아주 당연하게 받아들일 수 있었다. 되레, 뭔가 유쾌하다.

오사카까지 와서 길만 헤매다가 돌아가다니. 이래서야 웃음거리가 되는 것도 당연하다. 사에는 오늘 처음으로 소리 내어 웃었다. 남자는 이상한지 고개를 갸웃거렸지만, 모든 것을 '웃음'으로 연결 짓는지 이내 빙긋이 입술꼬리가 올라갔다.

자리 하나를 둘러싸고 싸우는 것이 취업 활동이라고 생각했다. 그러기 위해서는 자신을 죽이거나 누군가를 제치는 일이 생겨도 어쩔 수 없다고 생각했다. 눈앞의 일에만 신경 쓰느라,

자신이 골라야 할 의자의 크기나 색을 제대로 생각한 적이 없었다는 것을 깨달았다.

역시 할머니 곁에서 일하고 싶다. 가능하면 정해진 장소만 다니는 내근직. 자신이 내세우는 캐릭터는 '할머니 껌딱지 손녀.' 영업 포인트는 '사람을 웃게 만드는 것.' 조건을 한정하는 것과 응석은 다르다. 자신을 알고 냉정하게 판단하는 것과 포기도 역시 다르다.

지원할 기업이 줄어들겠지만, 헛된 노력도 줄겠지. 3월까지 취업이 안 되면 계속 아르바이트하면서 졸업 후에도 기회를 노리면 된다. 초조해한다고 될 단계는 이미 지났다. 슬픈 사실이지만, 초조해해야만 할 최악의 단계 또한 훨씬 전에 지났을지 모른다. 걷다 보면 자기도 모르는 사이에 층을 이동하는 이 지하상가처럼 어느 샌가 자신은 가장 낮고 가장 어두운 지점을 빠져 나갔을지도 모른다. 그 증거로 지금 이 상황을 즐길 만큼의 여유가 생겼다.

사에는 태어나서 처음으로 받는 사회인의 명함을 조금 수줍어하며 허리를 굽히고 양손으로 공손히 받았다. 그것만으로도 이 세상의 꼬리를 붙잡은 기분이었다.

"나쁘게는 안 해. 틀림없이 멋진 미래가 기다릴걸."

남자는 굉장히 자신만만했지만, 연락하지는 않을 것이다. 그래도 할머니에게 명함을 보여주며 스카우트 받았다고 말하면 웃어주시겠지.

　밖에는 세차게 비가 내리고 심지어 여기는 지하인데, 샘 광장 천장에는 푸른 하늘이 펼쳐졌다.

매일 아침 지하철에서
모르는 여자가 말을 건다

초판 1쇄 인쇄 2019년 2월 17일
초판 1쇄 발행 2019년 2월 25일

지은이 유즈키 아사코
옮긴이 권남희
펴낸이 고미영

책임편집 고미영
편집 이승환 서은숙 오연정
디자인 위앤드
일러스트 차상미
마케팅 정민호 박보람 나해진
　　　　최원석 우상욱
홍보 김희숙 김상만 이천희
제작 강신은 김동욱 임현식
제작처 영신사

펴낸곳 (주)이봄
출판등록 2014년 7월 6일 제406-2014-000064호
주소 10881 경기도 파주시 회동길 210
전자우편 yibom@yibombook.com
팩스 031-955-8855
문의전화 031-955-1909

ISBN 979-11-88451-42-5 03830

🐦 ⓕ **springtenten**　　　 🅾 **yibom_publishers**